P R E F Á C

17 de novembro de 1995

A musa da eleição

A cara da reeleição

Os visitantes do futuro

O Chico vive no futuro. Sabe aquele tempo que a gente imagina quando diz "um dia nós ainda vamos rir de tudo isto"? O Chico já está lá, rindo de tudo isto. Quando nos maravilhamos com uma das suas charges, dizemos "mas está perfeito" ou "é isso mesmo" ou "como é que esse cara consegue?" ou "que sacada!", é o mesmo deslumbramento que teríamos diante de qualquer outro visitante do futuro. Cuja maior vantagem sobre nós, que vivemos neste presente irremediável, é que já teve tempo para pensar nos acontecimentos, descobrir o absurdo que nos escapou na hora, o significado que na época ninguém notou, o humor no que parecia triste e o trágico no que parecia apenas rotina. As sacadas do Chico se explicam porque a sua sacada, o seu ponto de observação, é aquele dia no futuro em que pela primeira vez veremos tudo isto com clareza.

Pensando bem, o Éfe Agá também é um visitante do futuro. Não se discute que ele seria o presidente ideal para o Brasil como ele pretende ser um dia, civilizado. Um homem culto, cordato, preparado – mas não pra agora. Um raro brasileiro que fica bem de sobretudo. Sempre achei que o problema do Éfe Agá é que no Brasil ainda não neva, ainda não temos o clima e a paisagem para scholars grisalhos na presidência que um dia, se Deus e El Niño quiserem, teremos. E assim o retrato visto de longe do Éfe Agá que o Chico faz é o de um homem vivendo antes do seu tempo, um presidente precoce e portanto desperdiçado.

A diferença entre o Chico e o Éfe Agá é que, enquanto o Chico se sente integrado nas freqüentes visitas que nos faz, para checar como vão as coisas com a Eliana e o Fernando em casa, fazer gentilezas com os amigos e shows com o irmão Paulo, cantar "Caruso" ao menor pretexto e deixar seus desenhos no "Globo" antes de voltar para sua sacada privilegiada, o Éfe Agá nunca esteve muito à vontade conosco. Sempre se achou melhor do que as suas circunstâncias ou deslocado aqui neste presente arcaico. Suas expressões mais constantes nesta seleção do Chico são a de auto-satisfação, a de quem acha que é o único que se vê numa perspectiva certa, ou de perplexidade, de quem se pergunta onde foi se meter.

Agora transporte-se para o futuro e ria de tudo isto.

Luis Fernando Veríssimo

19 de abril de 1994

Com a cerimônia das alianças (PMDB, PSDB e PFL) e a amizade promissória de Luís Eduardo Magalhães, filho de ACM, o reverendo Itamar celebra a união dos governistas para a sucessão de 1994. Tocado a lombo de burro e buchada de bode, FH, o príncipe do sociólogos, se habilita a resultados melhores do que os conseguidos até então.

27 de abril de 1994

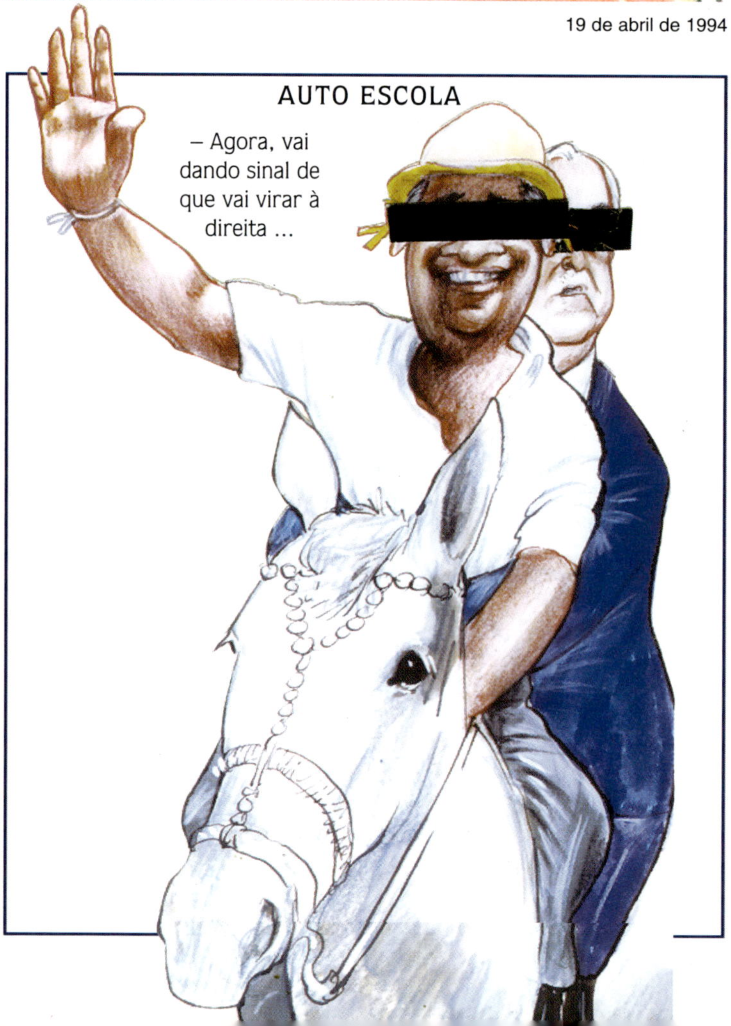

29 de maio de 1994

Este é um livro de desenhos diferente. Não é só pra ver, é pra ler. Dos vários livros de charges que eu fiz, ficou a sensação de que desenho vê-se logo, os olhinhos vagueando... só a palavra prende, segura a leitura: a palavra é mais pesada que o ar! Pois bem: quando as editoras Devir e Jacaranda que publicam os livros do Angeli e do Laerte me propuseram um livro sobre FH, primeiro pensei sobre tudo isso acima, depois lembrei que o último dos meus livros era sobre Itamar Franco – coisa mais antiga, meu Deus! – então topei. Comecei a pesquisar o material e me dei conta do seguinte: em oito anos, fiz mais de três mil desenhos sobre o período dito cujo. Num livro de 160 páginas – mais tornaria esse livro impagável – cabem uns setecentos. Muita coisa teve de ficar de fora, mas aqui está o suco, o extrato desse período singular de nossa história. O único que eu me lembre de ter vivido que teve uma coisa parecida com uma moeda! Inflação zero! Parecia que o gigante adormecido iria acordar... Pra quem sempre teve a ilusão e o desejo de chegar ao primeiro mundo, foi duro ver o mesmo caindo sobre nossas cabeças com a tal globalização dos mercados histéricos, apopléticos, ensandecidos mesmo. Se as privatizações dilapidaram o patrimônio público, acabaram com velhos cabides de emprego e encolheram a cabeça de várias múmias da política brasileira, o velho coronelismo se abriu para o neo-sociologismo, uma coisa que também não funciona mas pelo menos a gente não sabe porque. A tudo isso podemos chamar, ou dizer, Era FH. Que agora passa sob nossos olhos como um filme: quadro a quadro, fotograma por fotograma. Foi bom pra você? Pra responder, tá aqui uma ajuda: um livro de desenhos para ser lido com humor, que é a melhor maneira de ver as coisas. Por isso pedi ao meu genial amigo, escritor e humorista Luis Fernando Veríssimo o prefácio que voces lerão a seguir e que, como a cereja do sorvete ("ver-te, só ver-te, e sorver-te como um sorvete!" L.F.V., claro) – como a cereja do sorvete, eu dizia, Veríssimo faz fremir as papilas gustativas de qualquer consumidor de bom humor. Bon apetit!

Chico

ERA UMA VEZ FH

Edição
Chico Caruso e Toninho Mendes

Projeto gráfico e design
Toninho Mendes

Capa
Desenho e lay-out Chico Caruso
com a participação de Emanuel Bellard

Produção e Editoração Eletrônica
Valdir Oliveira e Eliana Caruso

Participacão especial
de Alfredo Heckenrhorf na pesquisa e nos textos

Revisão
Cynthia Monegaglia Fink

Fotolitos e tratamento de imagem
DPI Design Gráfico e Fotolito LTDA

Impressão e acabamento
EGM Gráfica e Editora

Dados Intenacionais de Catalogação na Publicação (CIP)
(Câmara Brasileira do Livro, SP, Brasil)

Caruso, Chico
Era uma vez FH / Chico Caruso, -- São Paulo: Devir, 2002.

1. Brasil – História – 1994 – 2002
2. Cardoso, Fernando Henrique, 1931 –
3. Caricaturas e desenhos humorísticos – Brasil I. Título.

02 – 5564 CDD – 741.50981

Índices para catálogo sistemático:

1. Cardoso, Fernando Henrique: Charges: Desenhos 741.50981
2. Charges: Cardoso, Fernando Henrique: Desenhos 741.50981

ISBN nº 85-7532-045-9

impresso em novembro de 2002

DEVIR BRASIL
Rua Teodureto Souto, 624 – Cambuci.
Caixa Postal 15239 – Cep 01599-970 – São Paulo – SP
Fone (011) 3272-8200 –
e-mail: Duvidas@devir.com.br – site: www.devir.com.br

DEVIR PORTUGAL
Av. Infante D. Henrique, 332 – Pátio traseiro. ed. 3
1800-224 – Lisboa – Fone 21-8310045
e-mail: devir@devir.pt – Site: www.devir.pt

Os desenhos deste livro foram produzidos para
a 1ª página do jornal O Globo entre 1994 e 2002

GRANDE CIRCO MÍSTICO

11 de março de 1994

13 de março de 1994

– Atendendo a pedidos, cantarei o vira "Não sei se vou ou se fico, não sei se fico ou se vou".

16 de março de 1994

– Por motivos de ordem técnica, vamos demorar mais para cair na real!

9 de março de 1994

No palco iluminado por Itamar para acabar com a inflação, com Tasso e Ciro nos calcanhares, o ex-chanceler e agora ministro da fazenda lança a U.R.V., Unidade Referencial de Valor que originaria a nova moeda, o Real, parida em primeiro de julho de 1994 com a cara do pai...

Sem muita prática para mobilizar e levantar as massas – Spaghetinni, Rondelli vá lá, mas... e a negrada!? – o intelectual dá suas primeiras batatadas. "Tenho o pé na cozinha", "sou meio mulatinho"...

3 de junho de 1994

3 de maio de 1994

15 de maio de 1994

Em maio, a comoção da morte de Airton Senna aumentaria a sensação de desamparo nacional.

PÔSTER (GEIST) DE CAMPANHA

26 de maio de 1994

26 de agosto de 1994

31 de agosto de 1994

1º de setembro de 1994

Com os cinco dedos da direita como símbolo de campanha – ironia com Lula, que não poderia repetir o gesto com a esquerda? Alegoria a Juscelino, dos cinquenta anos em cinco? – FH mostra seu plano de metas. Sabendo que mão aberta é uma coisa que FH nunca foi, a CUT de Vicentinho cobra atuais e antigas perdas.

Ao confessar não ter escrúpulos sem saber que estava indo ao ar, o defensor oficial do Real, Rubens Ricupero, se afoga em ondas parabólicas. Ciro Gomes o substitui prontamente, e, talvez para agradecer o chamado de Itamar, mostra logo o seu lado mercurial: "Vou dar uma porretada na inflação!" etc.

8 de setembro de 1994

10 de novembro de 1994

30 de agosto de 1994

6 de setembro de 1994

Tudo bem: o candidato do governo chega em primeiro na corrida presidencial que, naquele ano, teve grande participação dos artistas brasileiros, em especial músicos e compositores.

30 de setembro de 1994

2 de outubro de 1994

– Às urnas!

Ganhando no primeiro turno,
a faixa presidencial sempre cai bem.
O País, com sua dimensão continental,
é que às vezes dá uma dor na coluna...

4 de outubro de 1994

5 de outubro de 1994

7 de outubro de 1994

O ANTI-REAGAN

– Minha idéia é fazer exatamente o oposto do Ronald Reagan: começar na Presidência e terminar em Hollywood!

20 de novembro de 1994

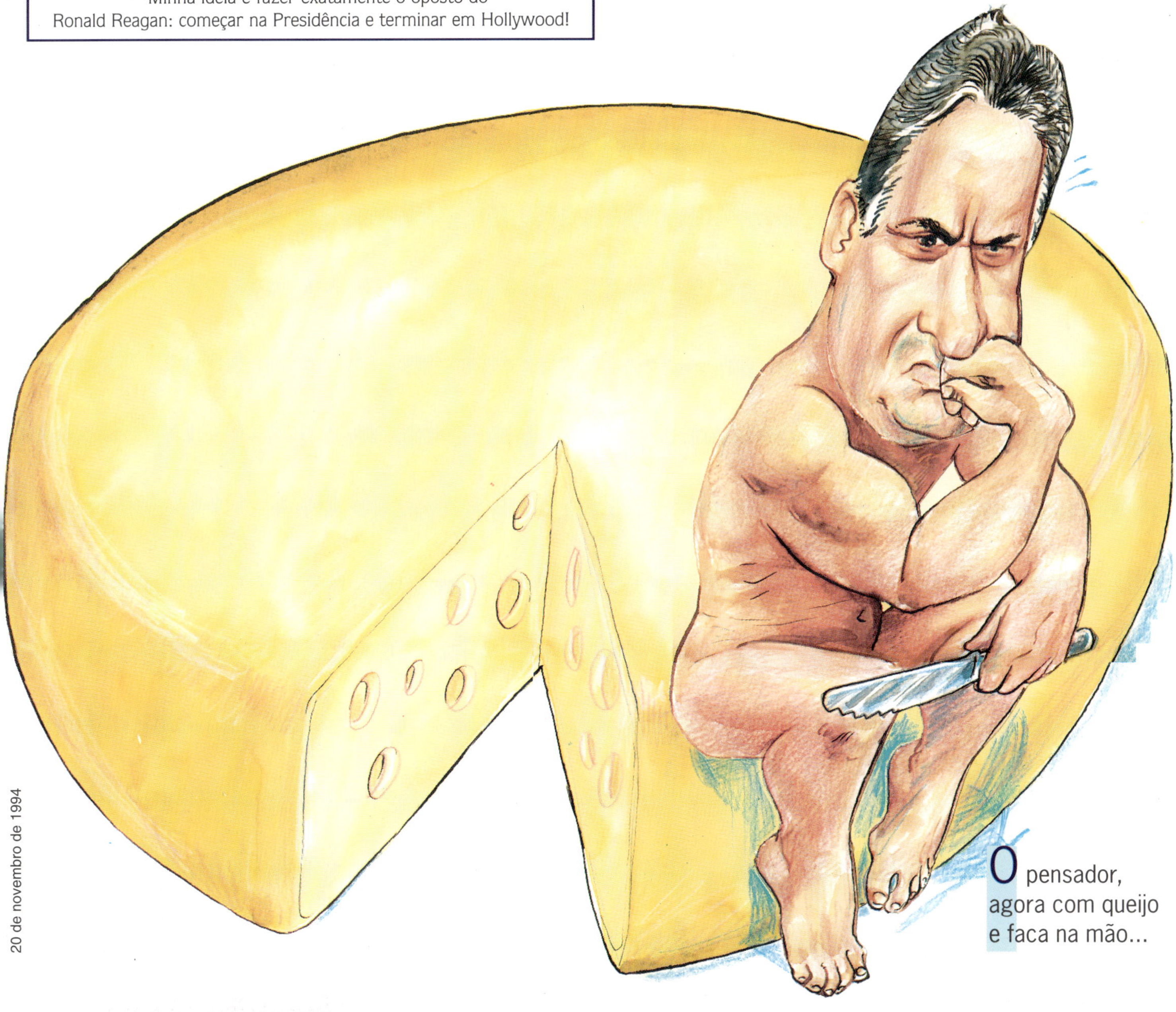

O pensador, agora com queijo e faca na mão...

Quem é vivo sempre aparece. ACM bota seu peso – e bota bota nisso – na formação do ministério. José Serra se apresenta com a simpatia habitual. FH apresenta seu ministério.

24 de novembro de 1994

– Olá, amigos!

16 de dezembro de 1994

Na primeira semana, ACM briga com Serjão, Dorotéia com José Serra, Adibe Jatene com Bresser Pereira e Andrade Vieira com Pedro Malan. Só Pelé e o ex-sogro de Itamar, senador Humberto Lucena, ficam fora da briga. E bota fora nisso: Lucena quase é cassado por uso indevido da gráfica do Senado.

NO AR O ESCOLÃO DO PROFESSOR FERNANDO HENRIQUE!

– E o salário-mínimo, ó...

9 de fevereiro de 1995

5 de janeiro de 1999

22 de janeiro de 1995

Os poderes se equilibram mas dão uma dor na coluna...Serjão, em discurso inaugural, disse que o Ministério das Comunicações sempre distribuiu favores. ACM vestiu a carapuça.

24 de janeiro de 1995

Enquanto isso o cocô-ngresso nacional espera quem faça o trabalho limpo...

FAIXA PRESIDENCIAL: MODO DE USAR

À Cardoso

5 de fevereiro de 1995

Começa a se insinuar o estilo FH: a faixa como foullard. Para o lampião do nhenhenhém, Serjão, cartucheira também cai bem.
O prefeito carioca Marcelo Alencar pede ajuda a FH para o combate ao crime. O carioca FH se posiciona adequadamente e ganha apoio: Marcelo pouco depois trocaria o PDT pelo PSDB.

6 de janeiro de 1995

12 de março de 1995

29 de março de 1995

– E agora que a segurança no Rio está equacionada... podemos levantar?

5 de abril de 1995

4 de abril de 1995

– Mudanças na comunicação?

SINCRETISMO CULTURAL

9 de abril de 1995

O olodum do nhenhenhém

27 de abril de 1995

Renovação no marketing: o embaixador Sérgio Amaral substitui Roberto Muylaert na Comunicação Social de FH. É quebrado o monopólio estatal nas telecomunicações. ACM convida Pedro Malan para jantar. O salário mínimo chega perto dos cem dólares.

11 de abril de 1995

Começa o bate-bola. Numa pelada que reúne os craques de centro direita, de Malan e Pérsio Arida a Delfim Netto passando por Serjão, o ministro dos Esportes e Turismo, Pelé, pouco toca na bola. O Real vai fazer um aninho...

30 de junho de 1995

Julho de 1995

8 de junho de 1995

Em maio começa a greve dos petroleiros.
FH encara a CUT, ocupando refinarias.
Dia 24 a câmara aprova emenda
que quebra monopólio da Petrobrás:
a estatal terá que navegar nas ondas do mercado.
Carlos Menem, reeleito em abril – taí uma boa idéia!
– chama FH para resolver o impasse
automotivo do Mercosul. Começa o Mercotango.

18 de junho de 1995

19 de junho de 1995

O QUE MUDA NO PLANALTO

14 de julho de 1995

No aniversário do Real com nossa moeda valendo mais que o dólar e a inflação caindo de 40% ao mês para zero, FH pode ficar tranquilo, olhando para as paredes. No gabinete, empomba com um quadro de Manabu Mabe. Nomeia uma comissão e o crítico Fernando Cocchiaralle concebe o rodízio de plástica: a cada mês, um artista brasileiro emoldurará os sonhos do príncipe. E tome Beatriz Milhazes, Carlos Scliar, até chegar a bandeira nacional de Jorge Eduardo, que decorará o poder até o fim de seus desmandos.

FH QUADRO A QUADRO: "DANDO BANDEIRA"

– Jorge Eduardo, este teu quadro é a minha cara! Verde-amarelo? Não, cheio de vento!

13 de setembro de 1995

– Ciro Gomes, há quanto tempo!

29 de setembro de 1995

19 de outubro de 1995

– OK, Brutus: quanto no punhal?

20 de outubro de 1995

O toma-lá-dá-cá da reeleição se impõe. Mesmo posando de estadista e encontrando gente como Hillary Clinton, Fidel Castro, Arafat ou Felipe Gonzales, FH tem que se sujeitar a pressões e contrapressões de gente da estatura de um Prisco Viana defendendo a estabilidade do servidor.

– E o que achais da momentosa questão da reeleição?

10 de novembro de 1995

13 de outubroo de 1995

– Para mim, todo dia é Dia da Criança!

No dia das crianças, um menino de rua de Brasília encaçapa um boné "rave" no presidente. É o chapéu na República!

15 de outubro de 1995

10 de dezembro de 1995

Começam os escândalos. Grampos telefônicos revelam maracutaias na concorrência para a vigilância da amazônia. Ao mesmo tempo, uma certa pasta rosa com o nome dos beneficiados por doações ilegais do Banco Econômico – ACM é o primeiro da lista – chega às mãos do Presidente. Nada que impeça o réveillon em Mangaratiba...

21 de dezembro de 1995

29 de dezembro de 1995

14 de maio de 1996

7 de abril de 1996

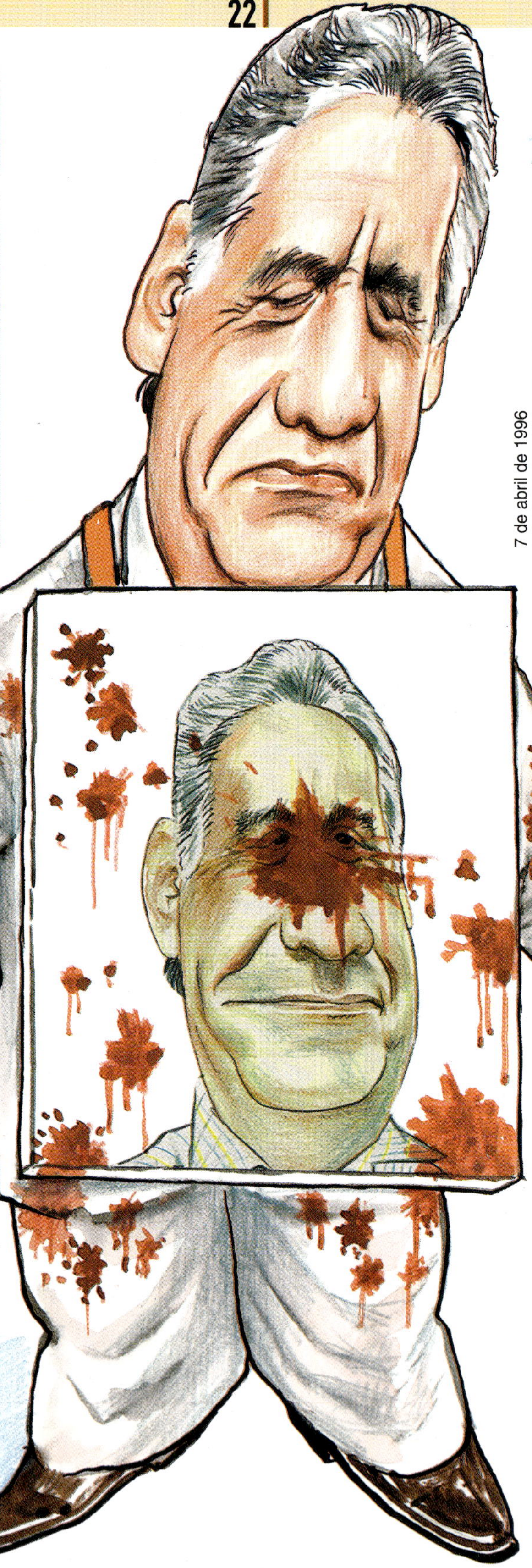

19 de abril de 1996

MOMENTOS HAMLETIANOS

– Há mais tiros nos sem-terra do que supunha a nossa vã sociologia...

21 de abril de 1996

No melhor estilo Fernando Collor, Serjão alude à necessidade de um certo saco preto para governar. Não dá sorte: em abril, o massacre de Eldorado dos Carajás joga sangue no proselitismo progressista. Vaiado por sem-terras num comício, FH ameaça partir de vez para a comicidade.

IMAGENS FABULOSAS

No flagrante, o momento exato em que o príncipe virava sapo

30 de abril de 1996

– Nós, inativos, fazemos questão de aumentar nossa participação....

3 de maio de 1996

FH EM CRISE

2 de maio de 1996

– Estou me sentindo culpado... Doutor: por que eu me identifico tanto com os inativos?

LIÇÃO DE ANATOMIA DO PROFESSOR TUCANO:

Apesar de aposentar-se com menos de cinqüenta anos de idade como professor inimigo da ditadura militar, FH, ao encarar o problema previdenciário, chama de vagabundos os que se aposentam nessa faixa etária, ameaçando passar para a história como o mais ativo inimigo dos inativos.

5 de maio de 1996

– Pega-se um inativo e ...

9 de maio de 1996

No flagrante, o inegável avanço de FH no campo social...

10 de maio de 1996

R: A Luiza Brunet está mais à esquerda...

– Vamos tratar com seriedade a questão social: chame os publicitários!

15 de maio de 1996

Mas nem tudo são dores. Às vezes aparece uma top model para amenizar a solidão do poder. É hora de levantar cabeças e partir para o abraço – sem descuidar da maquiagem, é claro...

– Bobagem: não há nada de errado com a minha imagem...

22 de maio de 1996

DOMINGÃO DO FERNANDÃO

– Este meu Foucault está maravilhoso, aceita?
– Obrigado, querida, mas tenho que acabar o "Pensamemto vivo de Inocêncio de Oliveira"

19 de maio de 1996

ENQUANTO ISSO, NO BEM-BOM-INN...

25 de junho de 1996

– Ah, o amor...

26 de junho de 1996

Um estampido ecoa nas Alagoas.
Crime passional ou queima de arquivo?
O xerife finge-se de morto.

27 de junho de 1996

TRAMPOLINS

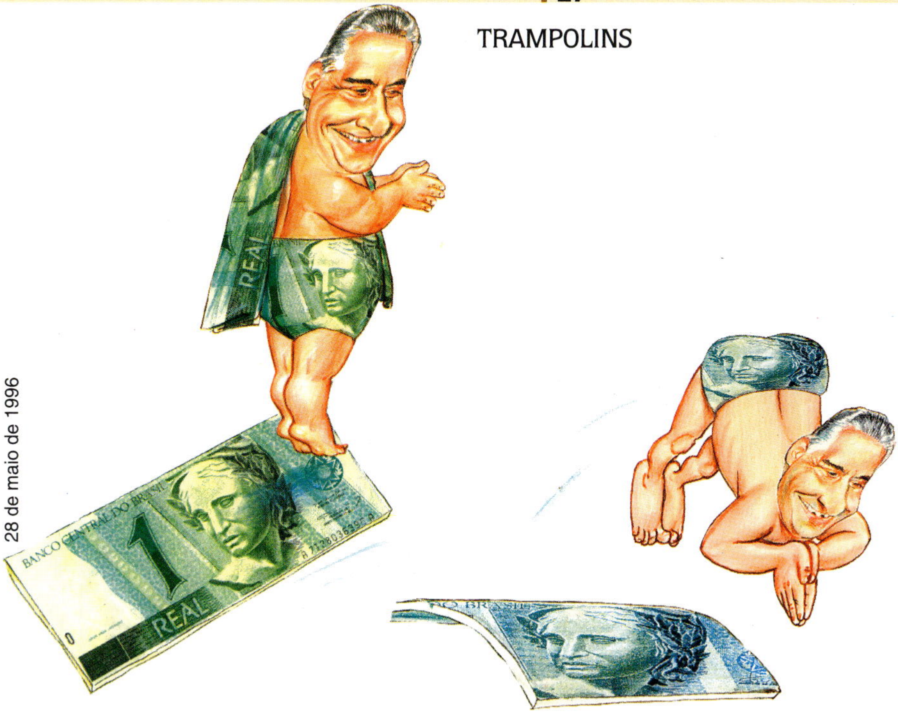

28 de maio de 1996

Há sempre um ano novo para os neo-realistas; nossa moeda dá banho no dólar. Vai começar noventa e sete, um ano que promete...

29 de dezembro de 1996

31 de dezembro de 1996

Começa a compra de votos para a reeleição. Itamar se insurge. A PM de SP imita a do Pará e passa fogo nos pobres da favela naval, naufragando mais uma vez com a proverbial cordialidade brasileira.

15 de janeiro de 1997

– Itamar que saudade!

27 de março de 1997

HOME THEATRE

– Aah! Acho que o Mário Covas me acertou !

3 de abril de 1997

-7 de maio de 1997

Martelam-se as privatizações. A Vale do Rio Doce escapa de Antonio Ermírio de Moraes para cair no colo de Benjamim Steinbruch.

PAJELANÇAS

5 de novembro de 1997

6 de novembro de 1997

Numa solenidade para devolução de terras, Grande Chefe Mulatinho encontra o cacique Raoni e promete: o Real não dará beiço.

7 de novembro de 1997

Planando altaneiro, asas do Real em céu de brigadeiro, FH vai engendrando a reeleição. Encontra-se secretamente com Maluf, que desiste da candidatura à presidência, e se habilita a encaçapar Lula a doré de nouveau, como bom gourmet. Os tigres asiáticos exigem perícia de domador: A queda do bath, o real da Tailândia, quase engole Gustavo Franco, o presidente do Banco Central que, em setembro, elevou os juros de 20,7% para 43,4%. Mas outra vez é Natal, o ano está salvo. Em viés de alta...

janeiro de 1997

– Vocês não podem continuar se encontrando desse jeito...

E NA PONTE DOS SUSPIROS...

29 de dezembro de 1997

– Me dão um autógrafo?

22 de outubro de 1997

– O problema com esses modelos asiáticos é o freio ABS...

4 de novembro de 1997

– Quietinho, ou eu te dou uma aula de sociologia que você vai ver...

19 de janeiro de 1998

– Ora, direis... lá vou eu ouvir e ver estrelas outra vez!

12 de dezembro de 1997

25 de dezembro de 1997

21de janeiro de 1998

Banda Elástica:
agora sob nova direção?

1º de janeiro de 1997

– Até aqui tudo bem...

2 de janeiro de 1997

– Posso? Vou entrando...

As bandas cambiais têm que tocar direitinho pra segurar o dólar. Mas 98 começa com muito amor pra dar...

1998 COMEÇA SOB O SIGNO DO AMOR

8 de janeiro de 1997

20 de janeiro de 1998

– Querida, cheguei!

26 de janeiro de 1998

A sedução corre solta, aqui e lá fora. Todas as mulheres do presidente caem de pau : Hillary, Paula Jones e Monica Lewinsky, com um empurrãozinho da agente da CIA Linda Bad Tripp...

24 de janeiro de 1998

23 de janeiro de 1997

– No meu relógio, santidade, já era hora do imperialismo levar uma boa paulada

29 de janeiro de 1998

– A casa de campo, a casa da praia, os carros, tudo no meu nome...

30 de janeiro de 1998

22 de setembro de 1998

– Sexo? Pra mim, isso que vocês estão fazendo comigo é suruba....

15 de fevereior de 1998

8 de agosto de 1998

9 de agosto de 1998

BATALHA NAVAL

– Acertou uma estagiária...

24 de fevereiro de 1998

Acuado pelos inimigos e promotores republicanos, Clinton tenta a saída pela direita: ataca o Iraque. Just in case. Um vestido manchado – que porra é essa, Bill? – parece ser o último prego no caixão do escândalo, mas não! Tem mais! Um charuto! Bill pede desculpas e termina seu mandato à brasileira: com muito jeitinho.

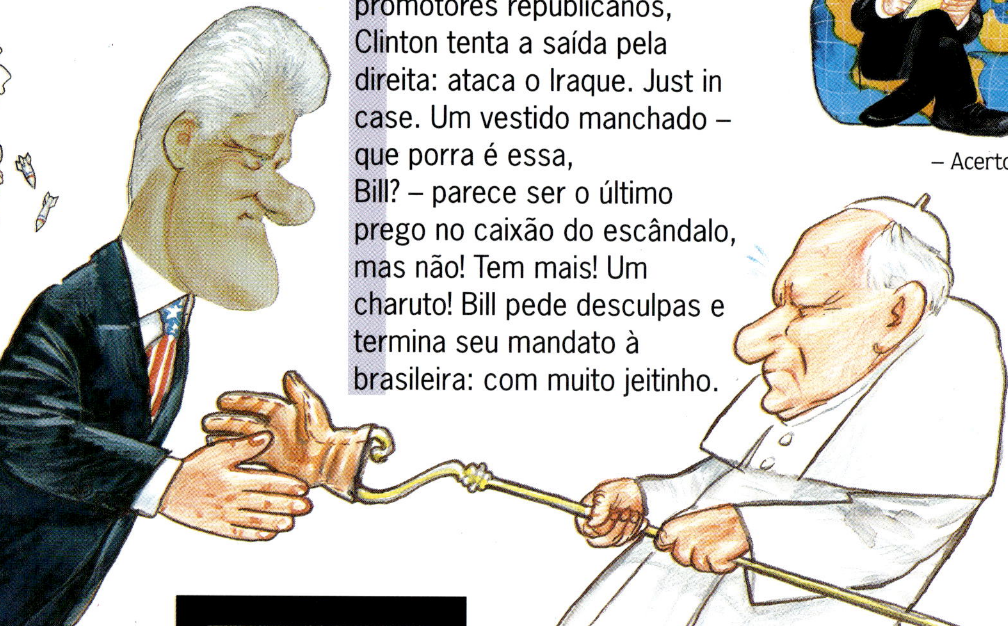

28 de janeiro de 1999

14 de setembro de 1998

– Parei com charutos!

2 de setembro de 1998

– Às vezes, um charuto é apenas um charuto, Bill...

3 de setembro de 1998

– Tudo bem, mas vira isso pra lá...

6 de setembro de 1998

23 de dezembro de 1998

– Voce vai adorar essa receita brasileira, acaba em pizza...

NOVO CÓDIGO NACIONAL DE TRÂNSITO

– Não precisa exagerar, Fernando ...

25 de janeiro de 1998

Aqui, habemus um novo código de trânsito. A oposição perde alguns pontos na carteira ao ameaçar e não conseguir se unir. FH nomeia ministros na desincompatibilização geral: põe Serra na Saúde e Renan Calheiros na Justiça.Conquista parte do PMDB para a reeleição e derrota Itamar Franco na convenção do partido.

16 de janeiro de 1998

15 de janeiro de 1998

– O governo está apavorado. Vamos embora?

5 de abril de 1998

9 de fevereiro de 1998

– Espelho meu: alguém é mais pai do real do que eu?

ROLETA MINEIRA

22 de março de 1998

25 de março de 1998

– Não é nada pessoal, Sr. Itamar. É que desde a convenção FH ainda não conseguiu parar de rir...

14 de março de 1998

1º de abril de 1998

– Eu estava batendo em quem mesmo?

24 de abril de 1998

O MINISTÉRIO DA SAÚDE ADVERTE: FUMAR É PREJUDICIAL AO GOVERNO

23 de abril de 1998

22 de abril de 1998

A aliança continua

24 de abril de 1998

19 de maio de 1998

16 de março de 1998

– Pô! Não tem retorno?

17 de maio de 1998

– Cantou, dançou...

20 de abril de 1998

11 de setembro de 1998

Em abril, o dilúvio: morrem Sergio Motta e Luís Eduardo Magalhães. Nelson Gonçalves e Frank Sinatra se juntam a Tim Maia, que havia partido em março. O mundo parece cair na cabeça de FH quando a bola começa a rolar...

13 de setembro de 1998

Copa do mundo! Em ano de reeleição todo cuidado é pouco. A panturrilha tira Romário, que ensaia chororô habitual. O Fenômeno Ronaldo, Ronaldinho então primeiro e único, promete mas não cumpre. Até joga bem no começo, mas bolão mesmo bate o Guga que, em 97, ganhou o Roland Garros...

10 de junho de 1998

– Valeu, peixe...

3 de junho de 1998

HOME THEATRE

12 de junho de 1998

– Ei, esperem por mim!

18 de junho de 1998

16 de junho de 1998

17 de junho de 1998

junho de 1997

13 de maio de 1998

1º de julho de 1998

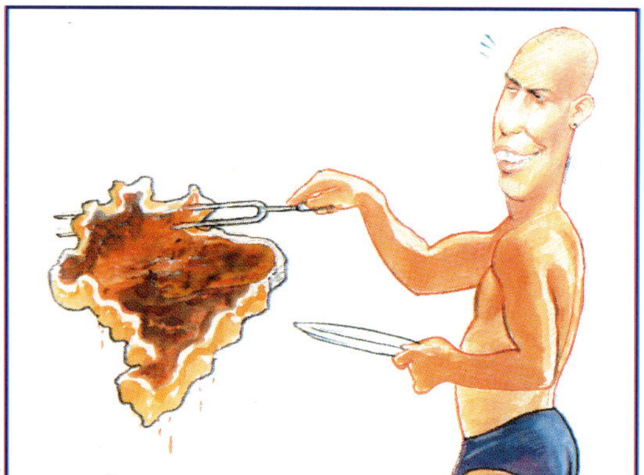

– É meio pesado, não?

Ronaldo vai
a Roma
e vê o Papa
mas...
a barra tá
pesada.
Na derrota final
para a França,
uma grande
questão se
levanta:
o que aconteceu
com Ronaldo?
Páginas
amarelas da
seleção
canarinho...

25 de junho de 1998

21 de julho de 1998

– O que aconteceu com o Ronaldo?

22 de julho de 1998

– Agora aqui entre nós:
o que aconteceu com o Ronaldo?

23 de julho de 1998

– Qué pasó con Ronaldo?

24 de julho de 1998

E NA LUA DE MEL...

– Enfim sós! Enfim posso te perguntar:
O que aconteceu com o Ronaldo?

12 de fevereiro de 1998

– Bem-me-quer, mal-me-quer...

13 de fevereiro de 1998

A previdência, e não Ronaldo, é na verdade a grande questão nacional. Como cortar, reformular, desatrelar do salário mínimo a penúria de milhões de neo – ou velhos – vagabundos? Em fevereiro teve até quebra-quebra no Congresso, após aprovação da reforma da previdência. Tema delicado, principalmente em época de eleição... o PMDB, por exemplo, ameaça rachar em três: os que apóiam FH, os que são contra e os muito pelo contrário!

11 de fevereiro de 1998

– Trouxe os pregos?

8 de março de 1998

9 de março de 1998

18 de novembro de 1998

– Que tal, em vez de combatermos à sombra, demitirmos a sombra?

DOSSIÊ CAYMAN

Na sala de manjamento...

– Foi ele!

26 de novembro de 1998

20 de novembro de 1998

– Vou botar tudo em pratos limpos

19 de novembro de 1998

24 de novembro de 1998

Primeiras sombras no horizonte tucano. O assim chamado dossiê Caimã – a denúncia de uma conta em nome de FH, Serra, Covas e Sérgio Motta que teria sido aberta pelo último naquele paraíso fiscal – parece levar a assinatura de Maluf. Um grampo no BNDES na privatização das teles acaba por defenestrar o presunto sucessor de Serjão no Ministério das Comunicações, Luis Carlos Mendonça de Barros.

5 de dezembro de 1998

– A mi me encanta Rita Lee:
"agora só falta você..."

10 de dezembro de 1998

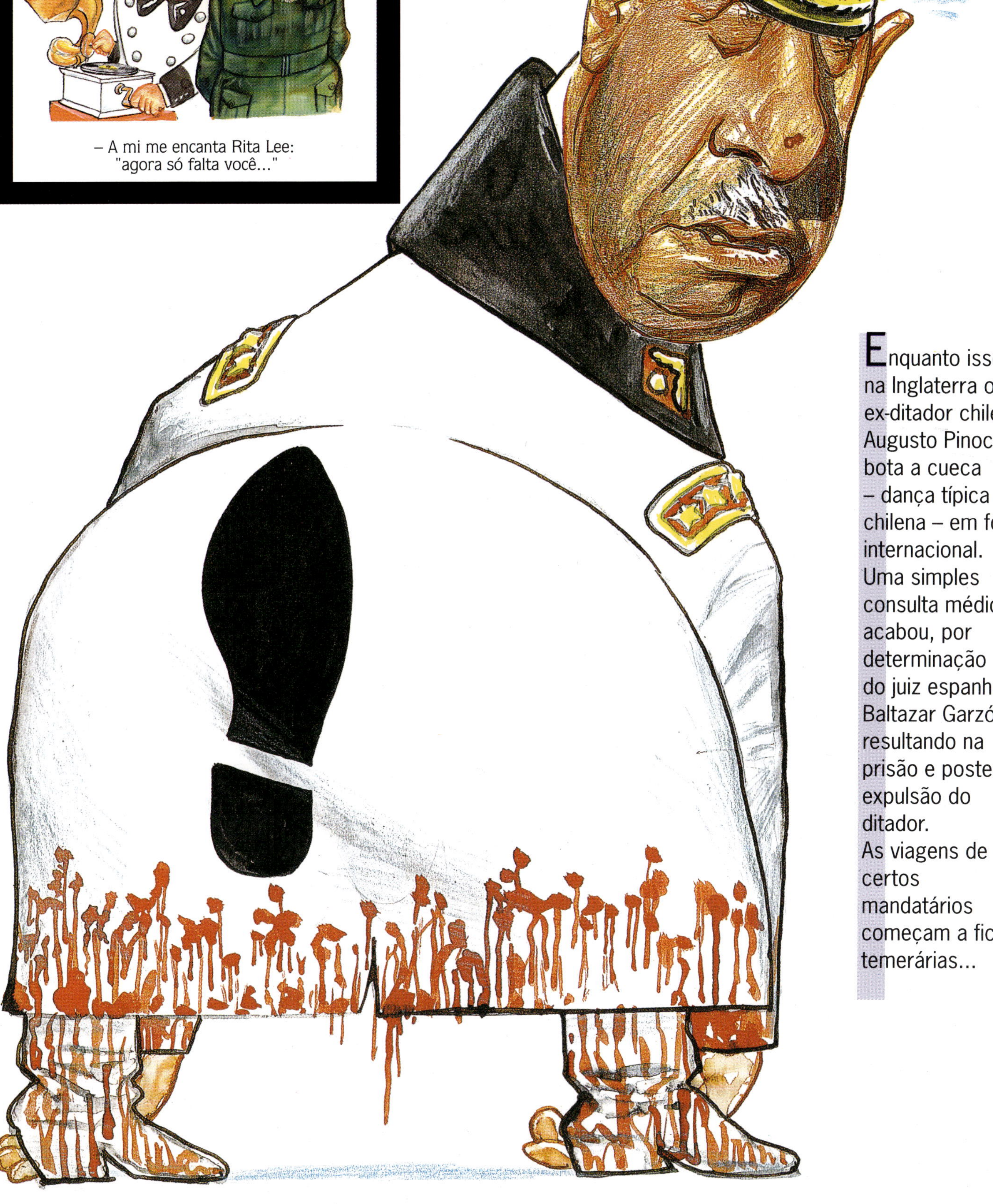

Enquanto isso na Inglaterra o ex-ditador chileno Augusto Pinochet bota a cueca – dança típica chilena – em fôro internacional. Uma simples consulta médica acabou, por determinação do juiz espanhol Baltazar Garzón, resultando na prisão e posterior expulsão do ditador. As viagens de certos mandatários começam a ficar temerárias...

FH empossa FH.
A reeleição
funcionou.

2 de janeiro de 1999

– Puxa, ficou bem em você...

– Até aqui, tudo bem...

16 de janeiro de 1999

– Melhor: com este calor, combateremos à sombra

22 de janeiro de 1999

– Segura, peão!

8 de setembro de 1998

Logo após a reposse, a flutuação do Real detona o Banco Central. Fortunas e dívidas surgem em 24 horas. O novo diretor Chico Lopes promete segurar a onda. Cai em três semanas.

– Desvia para Washington!

17 de janeiro de 1999

– Não falei que o dólar ia cair?

3 de fevereiro de 1999

– No flagrante o novo presidente do Banco Central

4 de fevereiro de 1999

Armínio Fraga assume o Banco Central.

26 de setembro de 1999

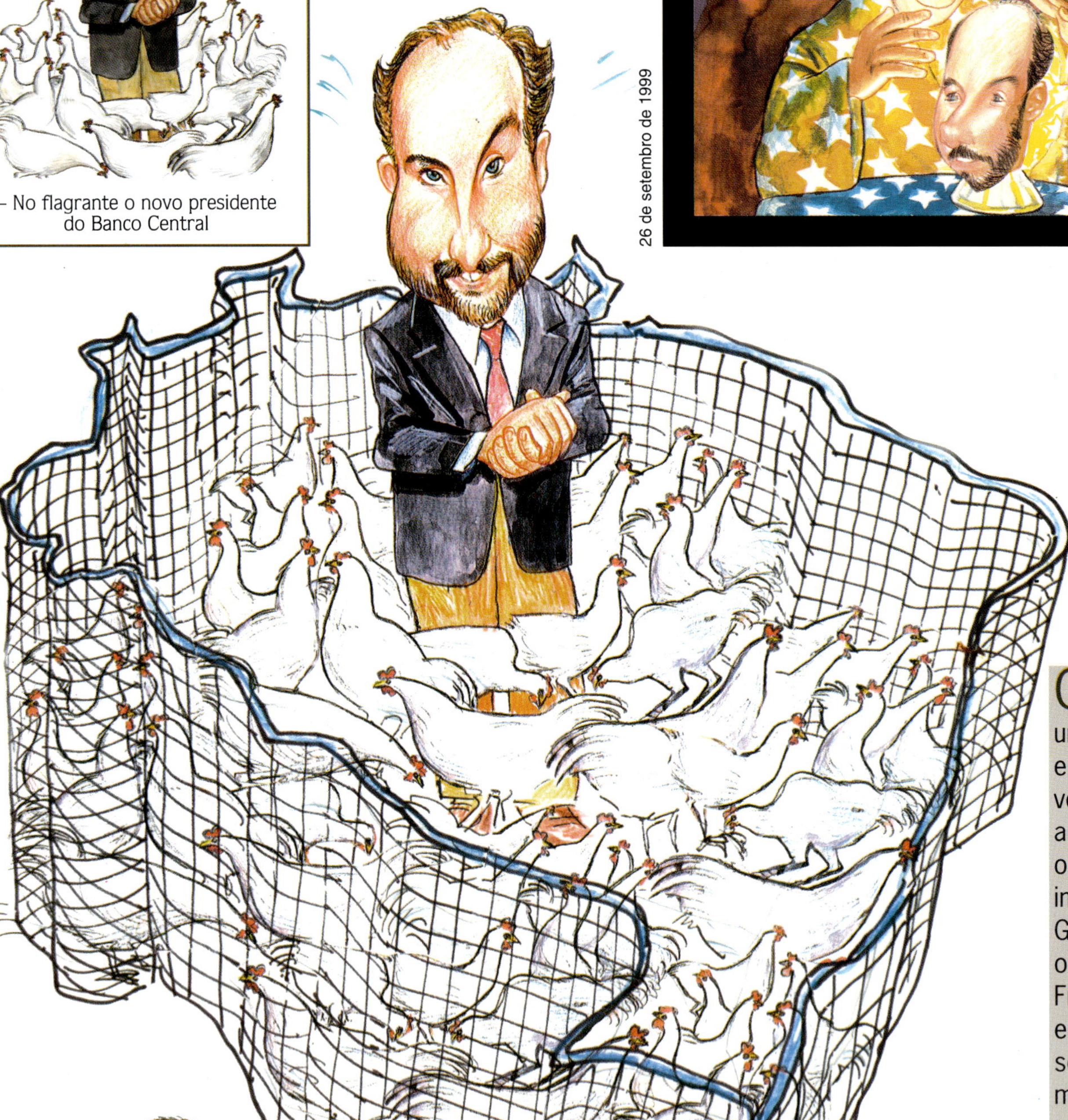

5 de fevereiro de 1999

Considerado um expert em mercados voláteis por assessorar o mega investidor George Soros, o carioca Fraga chega em fevereiro sob suspeição mas segura o rojão com tranquilidade até a crise argentina, um ano e meio depois.

– Segura, peão!

22 de junho de 2001

24 de junho de 2001

9 de fevereiro de 1999

3 de março de 1999

4 de março de 1999

7 de março de 1999

Com o galinheiro administrado, é a hora do novo presidente receber os governadores. Cada figurinha, bicho!

21 de novembro de 2001

1º de março de 1999

26 de fevereiro de 1999

GRANDES QUESTÕES DA NACIONALIDADE

– Tem alguém aí?

20 de fevereiro de 1999

Recém-empossado governador de Minas. Itamar, vai à guerra. Diz que não paga, que não privatiza Furnas, o diabo. É a topada no topete: o dólar sobe e a bolsa cai.

"Não se apequene".
O recado de Serjão parece ecoar no âmago de FH. Ao mesmo tempo, ACM começa a desafiar ostensivamente a autoridade presidencial. Pra piorar, a escuridão: um raio em Bauru – saber-se-ia depois – punha o país no escuro por horas, prenunciando a crise energética.

8 de março de 1999

– Alô, Malan, acho que precisamos voltar a crescer...

SILHUETAS (1)

9 de março de 1999

SILHUETAS (2)

12 de março de 1999

– A coisa tá ficando preta...

SILHUETAS (3)

13 de março de 1999

– Aaaah, bom!

4 de abril de 1999

E os apetites de uns e outros começam a se fazer notar. Quem pode mais, a CPI dos bancos de Jader ou a do Judiciário de ACM? Façam suas apostas...

6 de abril de 1999

20 de abril de 1999

23 de abril de 1999

26 de abril de 1999

Negando-se a explicar favorecimento aos bancos Marka e FonteCindam ocorridos em Janeiro enquanto presidia o Banco Central, Chico Lopes acaba preso por desacato em pleno Congresso Nacional.

27 de abril de 1999

CLÁSSICOS DA CARICATURA: CHICO LOPES

4 de maio de 1999

"Il Giocondo"

CLÁSSICOS DA CARICATURA

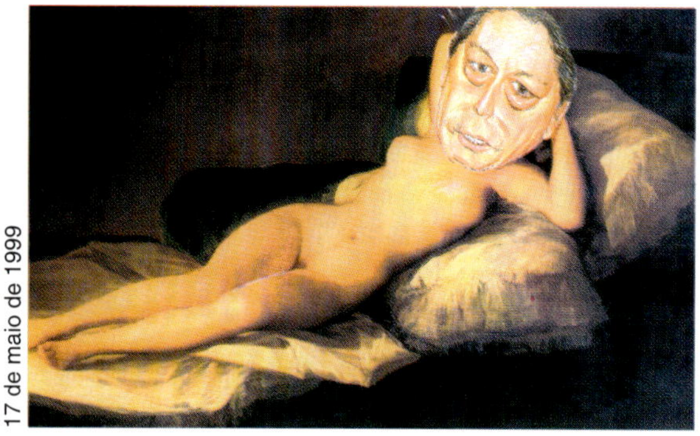

17 de maio de 1999

"Malla desnuda"

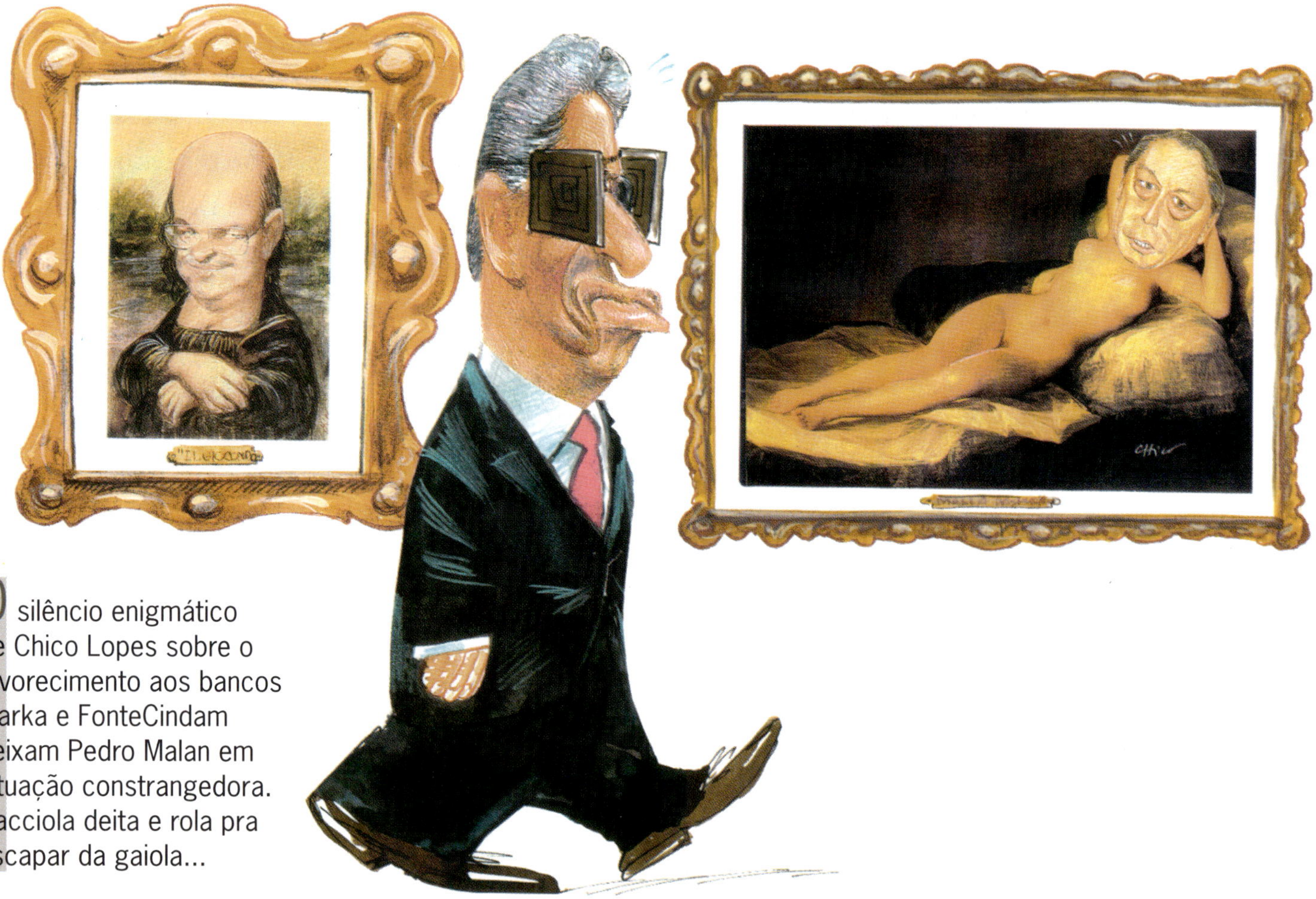

18 de maio de 1999

O silêncio enigmático de Chico Lopes sobre o favorecimento aos bancos Marka e FonteCindam deixam Pedro Malan em situação constrangedora. Cacciola deita e rola pra escapar da gaiola...

15 de maio de 1999

16 de maio de 1999

– Há uma guerra surda dentro do governo...
– O quê? Fala mais alto!

22 de maio de 1999

– A quem pode interessar essa guerra surda?

28 de maio de 1999

Acusações de favorecimento aos bancos amigos e críticas ao Proer detonam uma guerra surda. Para o governo, quase o melhor tipo de guerra...

TRABALHO DE EQUIPE

7 de maio de 1999

– E ainda dizem que o Brasil não mudou nada nesses anos...

24 de junho de 1999

AGORA É OFICIAL

Saiu o re-e-trato!

26 de junho de 1999

Sai o retrato oficial do novo (?) governo. Em Winnipeg, no Canadá, o Brasil ganha 101 medalhas nos jogos pan-americanos. Xuxa, o nadador careca, traz duas de ouro. Ganhamos também um neto de Mick Jagger, Lucas, filho de Luciana Gimenez...

ATLETAS OLÍMPICOS

– É ouro para o Brasil!

7 de agosto de 1999

– É o candidato natural da natação olímpica por tudo que faz: nada. Com estilo...

1º de agosto de 1996

CIMEIRA: "CONCLUSÕES CONCLUSIVAS"

29 de junho de 1999

– Lindo dia, não ?

1º de julho de 1999

– Fechou com chave de ouro...

2 de julho de 1999

ACABOU A CIMEIRA

30 de junho de 1999

– Ei, esperem aí! Vocês vão me deixar aqui sozinho?

O encontro de chefes de estado ibero-americanos, no Rio de Janeiro, teve a participação especial de Fidel Castro que veio, viu, deitou falação e se mandou.

GRANDES VULTOS DA POLÍTICA BRASILEIRA

24 de agosto de 1999

O futuro ex-deputado federal Hildebrando Paschoal

25 de agosto de 1999

– Estou preocupado com esse perigo que vem das ruas...

17 de dezembro de 1999

– Pô! Resolveram passar o país a limpo logo agora?

– Ah, é grade de pobre...

A Justiça tarda mas às vezes se apresenta. O deputado e motosserrador Hildebrando Paschoal, do Acre, é preso em setembro, enquanto o deputado e desconstrutor Sérgio Naya vai lhe fazer companhia em dezembro. Por pouco tempo, é verdade, mas é um começo...

28 de setembro de 1999

21 de outubro de 1999

– Nota-se uma sensível melhora da nossa situação no boca a boca

Começa-se a sentir o peso do segundo mandato. Nem bem passou um ano e o novo (?) governo começa a demonstrar fadiga de material.

17 de outubro de 1999

30 de setembro de 1999

ACM continua batendo, mas já se nota uma certa reação.

4 de dezembro de 1999

– Essa fila não anda?

6 de dezembro de 1999

9 de janeiro de 2000

– Eu tenho certeza que isso é coisa daqueles amigos do presidente...

19 de janeiro de 2000

– Eu aposto um Élcio Álvares como ninguém aqui é mais amigo do presidente do que eu!...

O novo chefe da casa civil, Aloísio Nunes Ferreira, auxiliado pelo super burocrata Pedro Parente, começa a isolar Malvadeza. Sai Élcio Álvares, ministro da Defesa, desgastado pelas investigações da CPI do narcotráfico no Espírito Santo. Outro civil entra em seu lugar.

BOM SOLDADO

14 de janeir0 de 2000

– Bempassado, malpassado ou ao ponto, chefe?

À direita, Quintão no quartel. Geraldo Quintão é o nome dele, mas não se preocupem porque nunca mais vamos ouvir falar. ACM e FH, assim como Garotinho e Brizola, trocam juras de amor eterno. Sentimento que não livra Orlando Villas-Boas de demissão inglória da Funai, em janeiro. FH tenta remediar, improvisando um desagravo em fevereiro...

20 de fevereiro de 2000

– E pra vocês, é a quarta ou quinta lua de mel?

21 de fevereiro de 2000

3 de fevereiro de 2000

– Acredite, doutor Villas Bôas, doeu mais em mim do que no senhor...

23 de janeiro de 2000

21 de janeiro de 2000

– É a liturgia do cargo...

21 de fevereiro de 2000

– Tudo bem vamos em frente, faz de conta que nada aconteceu...

DESASTRE ECOLÓGICO

22 de janeiro de 2000

– Que absurdo! Quem está no comando?

Emergência na baía de Guanabara, atingida em 18 de janeiro pelo derramamento de mais de 500 mil litros de óleo da Petrobrás.

THE GIRL FROM PETROBRAS!

Olha que coisa mais linda, mais cheia de graxa!

27 de janeiro de 2000

28 de janeiro de 2000

BASTOU LIBERAREM O TOPLESS...

– Sujou!

18 de março de 2000

Emergência na Lagoa Rodrigo de Freitas com a morte em março de quase 140 toneladas de peixe. Prefeito e governador, então adversários, se unem mas não evitam a queda da auto-estima carioca ou seria a alta da baixa estima?

19 de março de 2000

E NO TEATRO MUNICIPAL DE SÃO PAULO...

– Graças à minha mulher, realizarei meu grande sonho: dançar no Municipal

12 de março de 2000

– É, o Municipal de São Paulo saiu na frente na comemoração dos 500 anos...

14 de março de 2000

"PAS-DE-DEUX"

14 de março de 2000

ENQUANTO ISSO NO BALCÃO NOBRE...

17 de março de 2000

PAULO SALIM: O COMEÇO DO FIM

Separado da mulher, o prefeito Celso Pitta dança um verdadeiro pas-de-deux municipal. Nicéia, mulher traída, acusa Maluf, ACM e outros pelo desvirtuamento do marido. ACM responde a baixa altura e o circo ameaça pegar fogo...

30 de março de 2000

– Tem um lado bom: falam mal, mas falam de mim...

AINDA EM SÃO PAULO...

19 de abril de 2000

27 de maio de 2000

Pitta chegou a perder o cargo por algumas horas em março. Foi e voltou nos braços do polvo, aquele mesmo que disse não querer mais voto de ninguém se o Pitta não fosse um bom prefeito e depois pediria ao eleitor: "Eu errei, eu tenho que consertar. Votem em mim."

28 de março de 2000

NOSSOS CRAQUES 1

16 de fevereiro de 2000

Ronaldalho

NOSSOS CRAQUES 2

18 de fevereiro de 2000

F.H. Dida versus Ronaldalho

16 de março de 2000

2 de março de 2000

Neo-sindicalista

As águas de março trazem também a discussão do salário mínimo, a ser decidido em maio. Grandes jogadas para a platéia revelam novas alianças, novos estilos...

A CANTADA DA SEMANA

20 de abril de 2000

Na página seguinte: as comemorações dos quinhentos anos do descobrimento do Brasil, capitaneadas pelo ministro Raphael Grecca, socobram com raro brilho. Uma réplica da nau capitânea de Cabral, construída pela bagatela de R$ 3,8 milhões, não navega. Nau frágil, segundo Millôr.

À MELÔ DA NAU CAPITÂNIA

– Se essa canoa não virar...

21 de abril de 2000

DIRETO DA CAPITÂNIA,
AQUELA NAU DOS INSENSATOS...

– E agora daremos início à parte submarina das comemorações...

26 de abril de 2000

500 ANOS: AS GRANDES
CONCLUSÕES A QUE CHEGAMOS

O Brasil jamais descobriria Portugal!

27 de abril de 2000

AUTORIDADES E SELVAGENS

15 de abril de 2000

Respeitável autoridade brasileira duela com selvagem em pleno Congresso Nacional

500 ANOS: ONDE CHEGAMOS

– Por que isso, chefe? Pintura de guerra?
– Hematoma, e eu é que pergunto...

25 de abril de 2000

ACM bate boca com cacique no congresso. Cerco policial na área da primeira missa acaba em espancamento de silvícolas e manifestantes, num verdadeiro programa de índio, que só termina com a queda do ministro.

"SEREI BREVE"

– Declaro comemorados os 500 anos do Brasil e tchau, Grecca!

22 de abril de 2000

12 de maio de 2000

7 de abril de 2000

FALTA ALGUÉM EM HOLLYWOOD:

– Ninguém lutou mais que nós por "Beleza Americana"

29 de março de 2000

A HORA DO ESPANTO

– Vem cá, é impressão nossa ou a coisa está ficando monstruosa?

31 de março de 2000

As discussões sobre salário mínimo dão início às agressões. Em abril ACM e Jader Barbalho se acusam mutuamente de corrupção, no plenário do Congresso. FH saboreia...

ENTROPIA

8 de abril de 2000

PILENTROPIA

9 de abril de 2000

– Lindo dia, não?

3 de abril de 2000

– Ah, a poesia que há nas flores...

4 de abril de 2000

– Pra mim só um cafezinho, obrigado!

5 de abril de 2000

– Enquanto isso, na Bahia...

10 de abril de 2000

A luta continua. ACM solta a voz e FH aproveita para testar bem sua agenda internacional.

ENQUANTO ISSO,
EM ALGUM LUGAR DO CARIBE...

– Antonio Carlos Magalhães ahora soy yo!

6 de abril de 2000

28 de maio de 2000

DECLARAÇÃO UNILATERAL DOS DIREITOS DO OVO

30 de maio de 2000

"Todo ovo tem direito a ser cozido, frito ou mexido em recipiente adequado para finalidade exclusivamente alimentar"

E VEM AÍ O FESTIVAL DE MPSDB!

3 de junho de 2000

– É pau, é pedra, é ovo, é resto de toco, é o fim do caminho!

Em maio, o adoentado Mário Covas foi agredido com pau de bandeira de sem-teto. Em junho, José Serra foi alvo de ovo perdido em Sorocaba. Enquanto isso na Alemanha, FH comentou que ovo era coisa de pobre mas, voltando, submeteu o assunto ao seu conselho de segurança dos ovos nacionais...

31 de maio de 2000

O MINISTÉRIO DA SAÚDE ADVERTE: OVO FAZ MAL A MINISTRO

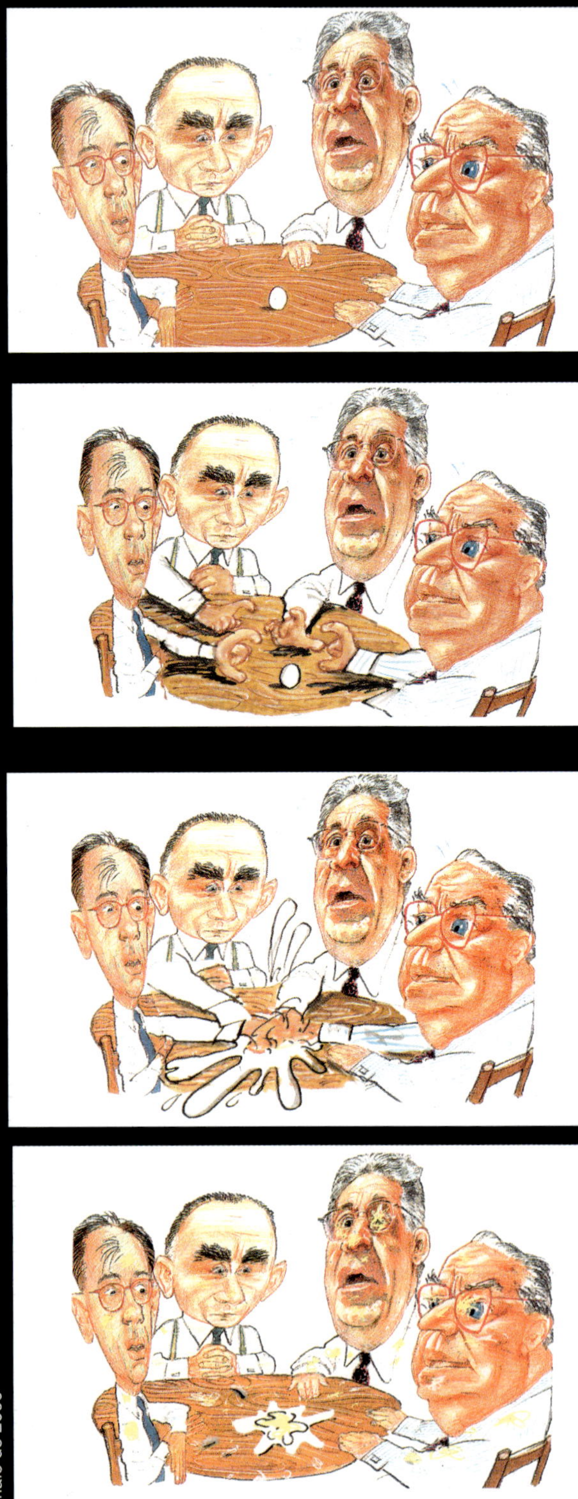

29 de maio de 2000

– Lei da segurança do ovo, artigo primeiro: "Ovo bom é ovo frito"

6 de julho de 2000

– Por que essa queda de popularidade? Eu não fiz nada!

PREPARAR!

7 de julho de 2000

– O Batalhão de Operações Federais atacará a queda de popularidade com golpes de fina ironia!

BOM FILHO...

8 de julho de 2000

– Eduardo Jorge, há quanto tempo!

A queda de popularidade preocupa. Como reverter o quadro? O círculo íntimo do governo ainda estuda o que fazer quando o ex-secretário da presidência, Eduardo Jorge, comenta em entrevista a um jornal econômico seus telefonemas com o Juiz Nicolau dos Santos Neto, do TRT-SP, e o empresário Luis Estevão. ACM aproveita e joga o Jader...

10 de julho de 2000

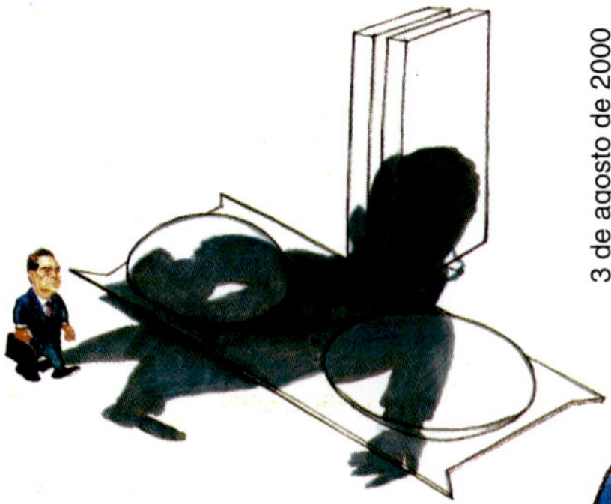

3 de agosto de 2000

5 de agosto de 2000

6 de agosto de 2000

7 de agosto de 2000

– Temos que admitir: o homem tem estilo...

11 de agosto de 2000

13 de agosto de 2000

– Ah ah ah!

Em agosto, Eduardo Jorge depõe no congresso sobre suas ligações com Lulu e Lalau. Com maneirismo, segura a peteca: os procuradores não acham nada, e os congressistas não procuram muito. Bom para o planalto, que quase emplaca a lei da mordaça para o Ministério Público contra a doença infantil do denuncismo.

16 de agosto de 2000

22 de agosto de 2000

23 de agosto de 2000

– Aí não, mais pra direita, mais pra direita...

27 de agosto de 2000

– Você acha que isso assim vai funcionar?
– Eu não, mas com essa Polícia Federal...

31 de agosto de 2000

Vamos entrando, não reparem a bagunça...

Porta arrombanda, tranca na janela: procura-se Lalau desesperadamente. O juiz Nicolau dos Santos Neto, ex-caixa da OBAM, não dorme de touca; põe barba e bigode de molho. Nunca teve tanto cartaz.... Homem tão fino merece prisão especial, com convite e r.s.v.p...

8 de dezembro de 2000

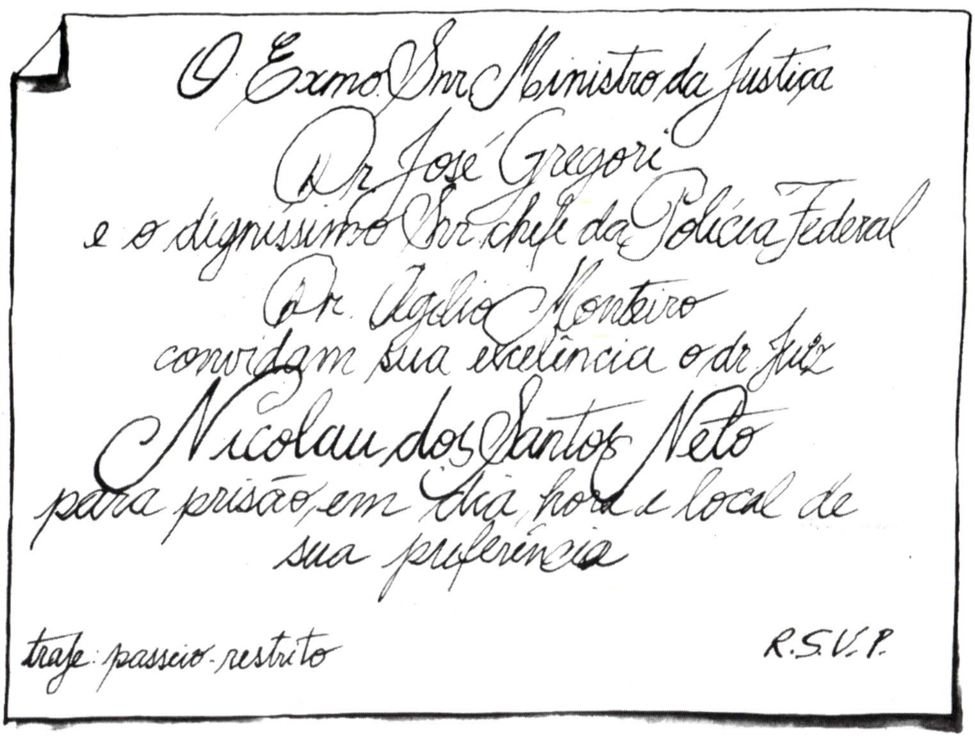

10 de dezembro de 2000

Traje passeio restrito

PRISÃO DOMICILIAR

– Querida, cheguei...

30 de junho de 2001

– Vamos entrando... faça de conta que a casa é sua!

14 de março de 2001

MODA: LANÇAMENTOS

Coleção outono-inverno para América Latina

8 de junho de 2001

10 de junho de 2001

– Si, Fernando, asilo no, pero... quem é seu advogado?

ENQUANTO ISSO, NAQUELA PRISÃO DOMICILIAR...

26 de junho de 2001

– Tem frango xadrez?

Em breve uma nova instituição se instauraria no hemisfério: a prisão domiciliar. Tentada com relativo sucesso na Colômbia de Pablo Escobar, em junho de 2001 acolheria um ex-presidente (Carlos Menem) e um futuro ex-ministro da Fazenda (Domingo Cavallo). Aqui entre nós um ex-senador (Luis Estevão); um Juiz e presidente de tribunal (Lalau). Até um técnico da seleção quase chegou lá. É o que o Millôr chama de melhoria da cadeia pelo lado de dentro.

W. L. CONFECÇÕES, SEMPRE LANÇANDO MODA

Traje esporte grosso

1 de dezembro de 2000

15 de março de 2001

17 de março de 2001

– Volte sempre!

1º de outubro de 2000

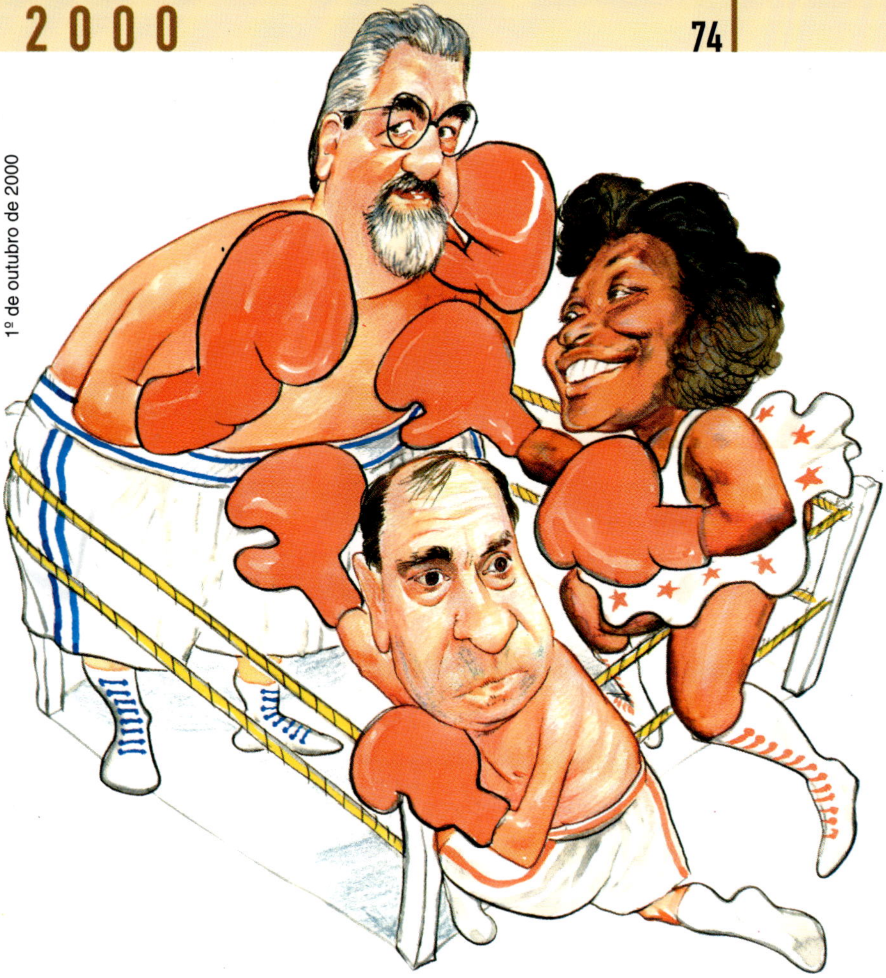

– A Cesar o que é de Cesar! Ou será a Benedita?

Eleições municipais. No Rio, César Maia derrota por pouco seu ex-secretário de urbanismo e ex-prefeito, o arquiteto Luis Paulo Conde, e faz logo pelo menos uma família feliz...

31 de outubro de 2000

5 de janeiro de 2001

OS MAIAS

– Não é incrível, querida? Apenas algumas horas na Prefeitura e já conseguimos fazer uma família totalmente feliz!

2 de novembro de 2000

– Calma, César... a eleição já acabou.

1º de novembro de 2000

– Isso não vai ficar assim!
– Não... vai inchar

A César o que é de César e o novo alcaide se delicia infligindo hematomas verbais. Em São Paulo, Dona Marta Suplicy parece exorcizar de vez uma lufada de vento atroz (c. P.Caruso). Mas a fênix de peroba sempre oferece a outra face...

30 de outubro de 2000

ENQUANTO ISSO, EM SÃO PAULO...

8 de outubro de 2000

– Posso me oferecer?

3 de outubro de 2000

– Tintim!

28 de outubro de 2000

PARAFRASEANDO GAGARIN:

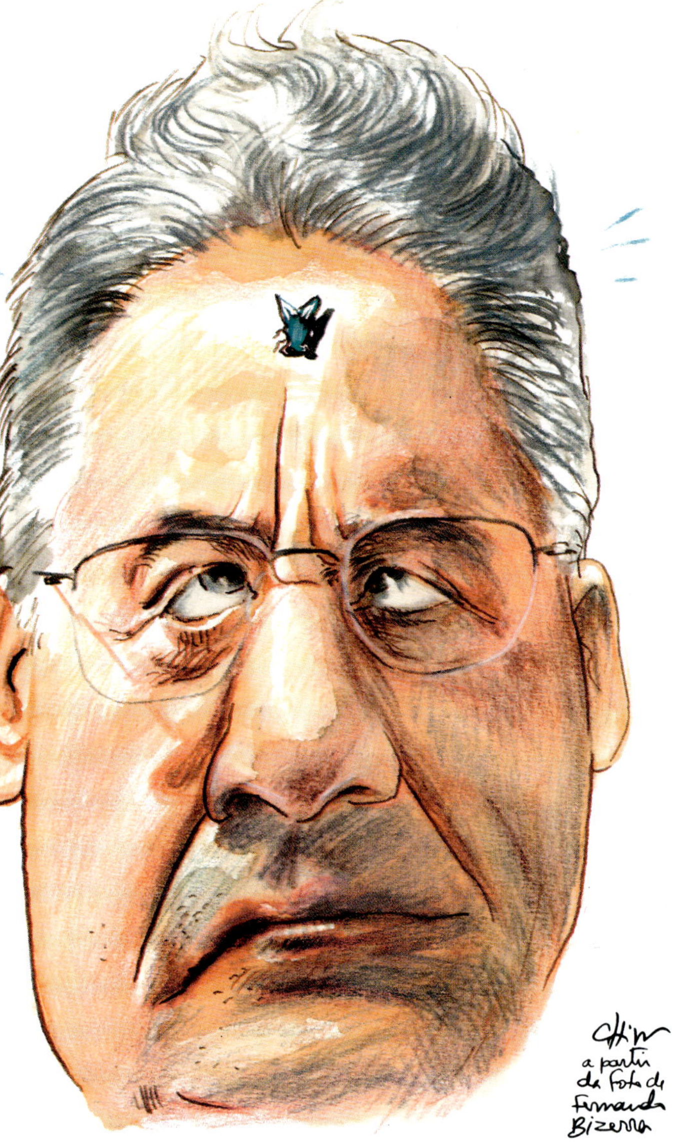

18 de outubro de 2000

– A mosca é azul!

Mas a mosca azul não rima só com hemisfério sul: nossos irmãos do Norte demoram a saber quem vai mandar em nós...

E NA MARAMBAIA...

4 de novembro de 2000

– Não sou eu quem me navega,
quem me navega é... quem mesmo?

7 de novembro de 2000

NAVEGA, BRASIL

9 de novembro de 2000

10 de novembro de 2000

ENQUANTO ISSO,
AO NORTE DO RIO GRANDE...

4 de dezembro de 2000

O NOVO PRESIDENTE DOS EUA:

George Bore

8 de novembro de 2000

12 de novembro de 2000

GRANDES MOMENTOS
DO CINEMA AMERICANO

"Assim caminha a Humanidade" (Giant)

SAIU!

14 de dezembro de 2000

O complicado processo das eleições americanas e seu primitivo sistema de apuração acaba sendo decidido no tapetão do estado governado pelo irmão do sósia do Alfred E. Newman – o personagem símbolo da revista de humor MAD – que no final, leva o bastão...

ENQUANTO ISSO,
NA VICE-BIBLIOTECA...

– Não estou achando a menor graça...

17 de dezembro de 2000

24 de dezembro de 2000

25 de dezembro de 2000

27 de dezembro de 2000

8 de janeiro de 2001

Natal outra vez, agora com o clima de fim de milênio.O espírito de porco pulula generoso e entramos no séc. XXI como o submarino S21 atracado no cais da Praça XV, foi ao fundo: sem ninguém saber por quê.

10 de janeiro de 2001

31 de dezembro de 2000

– Adeus, milênio velho, feliz milênio novo!

E pra quem achava que o futuro chegou, Saddam Hussein e Eurico Miranda tinham uma mensagem toda especial. No dia 30 de dezembro, decisão do campeonato nacional entre Vasco e S.Caetano, uma briga na arquibancada superlotada derruba uma grade e fere torcedores. Eurico insulta o governador Garotinho por proibir a continuação do jogo. Na TV, vê-se também Saddam tentando abater o milênio novo a tiros.

SADDAM HUSSEIN
E EURICO MIRANDA INFORMAM:

O século XXI não vai começar tão cedo!

4 de janeiro de 2001

3 de janeiro de 2001

NOVAS LUTAS

O boxe-trote

29 de janeiro de 2001

NOVAS DANÇAS

O box-xote

30 de janeiro de 2001

– Quero ver o antidoping!

31 de janeiro de 2001

8 de fevereiro de 2001

– Ele está treinando para rir por último...

NOSSOS CRAQUES

– Hay que endurecer pero... sem perder jamais!

1 de fevereiro de 2001

Começa o ano 2001: ACM, presidente do Senado, não faz o sucessor (Sarney desistiu de concorrer) e vê o cargo ir parar nas mãos inimigas de Jader Barbalho. Inocêncio perde a inocência ao ser derrotado por Aécio Neves na presidência da Câmara e jura ir para a oposição.

2 de fevereiro de 2001

ENQUANTO ISSO, NAQUELE LONGÍNQUO FAROESTE...

– Pô, cara... eu... conheci... teu... -avô!

3 de fevereiro de 2001

SURPREENDIDO PELO TIROTEIO, O PFL TOMA RAPIDAMENTE AS MEDIDAS CABÍVEIS NO CASO ...

4 de fevereiro de 2001

– Vocês são testemunhas de que eu não tive nada a ver com isso!

16 de fevereiro de 2001

THE END

– Isso não vai ficar assim!
– Claro que não, o senhor vai ter que enterrar bem longe!

17 de fevereiro de 2001

BANG-BANG DE RESULTADOS

– É isso aí, mocinho: proclamaram a república do café-com-leite ao tucupi!

O bangue-bangue que se segue no Congresso já deixa entrever futuros alinhamentos...

ÚLTIMAS PALAVRAS

20 de fevereiro de 2001

– Quer saber de uma coisa? Pra mim chega!
Vou sacar minha carteira e...

21 de fevereiro de 2001

– E então? Ninguém vai me dar o troco?

24 de fevereiro de 2001

– Tudo bem... estou me guardando pra quando o carnaval chegar...

– É hoje só, amanhã não tem mais,
vou me acabar!

27 de fevereiro de 2001

FANTASIAS

Vaca louca

ACM sai do governo atirando, em pleno carnaval da vaca-louca: haja trombone isolado!

28 de fevereiro de 2001

GOVERNE-SE COM UM BARULHO DESSES...

12 de março de 2001

19 de março de 2001

GRANDES TROMBONISTAS (1)

11 de março de 2001

À esquerda, Glenn Miller!

GRANDES TROMBONISTAS (2)

18 de março de 2001

Zé-da-Véia e Véio-do-Zé

9 de março de 2001

FH tenta reduzir ACM à sua real dimensão, chamando-o de "apenas um trombone isolado na orquestra". Malvadeza viaja na metáfora...

DEPOIS DO MST VEM AÍ O MTI:

10 de março de 2001

Movimentos dos trombones isolados

VALE TUDO

13 de março de 2001

Ao dedurar FH aos procuradores ("se pegarem o Eduardo Jorge chegam ao presidente") ACM é gravado e dedurado pelo procurador Luiz Francisco de Souza, que já havia conseguido incriminar e prender Hildebrando Paschoal, Luis Estevão e o diabo.

23 de fevereiro de 2001

ILUMINAÇÃO PÚBLICA EM BRASÍLIA

27 de março de 2001

A LUZ NO FIM DO TÚNEL:

23 de março de 2001

– Será um pássaro? Um avião?
– Não, é apenas mais uma operação de rolo-compressão...

26 de março de 2001

Começa o bate-boca pesado no Senado, com Jader Barbalho chamando ACM de velha prostituta arrependida e ACM retribuindo com um sonoro "Ladrão". FH determina a extinção de Sudene e Sudam, pavimentando assim com desafetos a própria biografia...

30 de março de 2001

PROJETO PARA LOGOTIPO

20 de janeiro de 2001

20 de março de 2001

FALTOU DIZER

2 de abril de 2001

– Vai que é tua, Reichstul!

Desgostoso com o seu nome ligado aos vazamentos da Petrobrás, Henri Phillipe Reichstul tenta mudar o da empresa que preside. Detona uma pequena fortuna nessa tentativa, abortada por FH e pela opinião pública. Com o afundamento da plataforma P-36, em março, inclina-se suavemente para a própria demissão, em dezembro.

Entrementes (entre dementes?) mirando-se no espelho mágico da vaidade vai chegando a hora do príncipe escolher e testar seu sucessor...

30 de abril de 2001

– Espelho, espelho meu: existe alguém mais parecido com JK do que eu? Se existir não espalhe!

POLÍTICA: O TESTE DO SORVETE

30 de abril de 2001

– O próximo

CANDIDATO NA ENGORDA

3 de abril de 2001

16 de abril de 2001

Indignado com as denúncias de corrupção no seio da presidência, FH nomeia uma mulher para fazer a revista: Dona Anadyr de Mendonça Rodrigues é a nova Corregedora Geral da União.

CARTA BRANCA:

– Me dá. Solta! Larga, presidente!

4 de abril de 2001

MOMENTOS CROMÁTICOS

Carta branca

Gravatas vermelhas

5 de abril de 2001

Coisa preta

10 de abril de 2001

O primeiro a ser investigado é o Ministro Fernando Bezerra, da Integração Regional. Mas o Procurador continua procurando....

12 de abril de 2001

8 de maio de 2001

"RECOLHE"

9 de maio de 2001

ENQUANTO ISSO NO SENADO FEDERAL...

– Touché!

19 de abril de 2001

– Basta!

20 de abril de 2001

– Olha o futebol aí, gente!

26 de abril de 2001

Bezerra deixa o cargo para cair na vida. No Senado, a violação do painel de votação na cassação do senador Luis Estevão vai dando o que falar. Ainda bem – para o governo – que há coisas mais importantes para a opinião pública, como por exemplo... futebol!

PRELEÇÃO

3 de julho de 2001

– Tudo bem, é segunda-feira, vamos fazer de conta que nada aconteceu, vamos pôr os quatro pés no chão e...

28 de julho de 2000

OTÁRIO, QUEM?

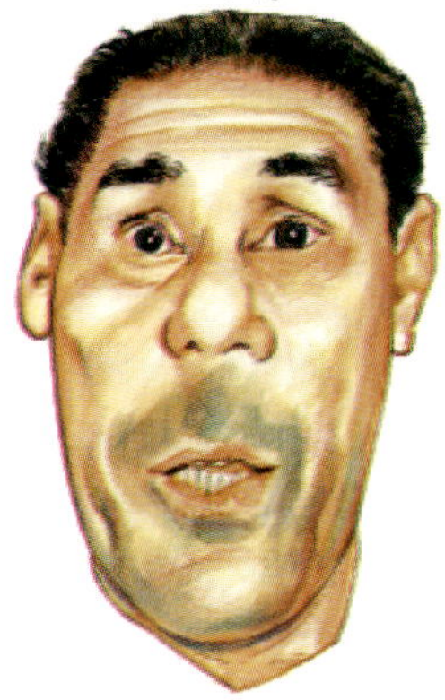

– Ué, vocês achavam que eu estava fazendo essas besteiras todas de graça?

26 de agosto de 2000

30 de agosto de 2001

– Em verdade, vos digo: quem nunca teve problemas com a Receita que atire a primeira geladeira...

Mudando de assunto – e de ano – a seleção de Luxemburgo, fiasco nas Olimpíadas de Sidney, foi mal das pernas nas eliminatórias. O próprio técnico disse ser "otário" ao ser descoberto especulando com convocações no mercado de jogadores. Magras vitórias e uma derrota para um time com apenas nove camarões selaram a sorte de W. L. no comando da "pátria de chuteiras".

O SALTO EM ALTURA DO FUTEBOL BRASILEIRO

– Um a zero tá ótimo!

21 de setembro de 2000

24 de setembro de 2000

BUSINESS

– Vamos falar futebol claro: se fizer três gols amanhã leva 30% das organizações Luxemburgo, tá legal?

APAGÃO: ENSAIO GERAL

13 de maio de 2001

– Desculpem qualquer coisa!

17 de maio de 2001

RETRATO OFICIAL
AO APAGAR DAS LUZES

20 de maio de 2001

De repente, a escuridão: o Brasil acorda para o apagão. O racionamento muda hábitos no país. Prioridade – ainda que tarde – para a questão energética.

TÉCNICOS

18 de maio de 2001

– Que tal essa: "Em caso de parabéns a você, fica proibido apagar a velinha"?

MOMENTOS CROMÁTICOS (2)

19 de maio de 2001

Tapete vermelho para coisa preta

GOVERNO VAGA-LUME: BRANCO NO PRETO
(OU VICE-VERSA)

– O apagão vem. Não vem. Vem. Ou não vem?

9 de setembro de 2001

– Vamos virar esse jogo só no corta-luz...

21 de maio de 2001

APAGÃO: BREVE HISTÓRIA (EM QUADRINHOS)

28 de maio de 2001

PUNK POWER

– Que beleza o exemplo da juventude...

29 de junho de 2001

No lusco-fusco do apagão o governo monta um time para virar o jogo. Itamar, que não privatizou Furnas, ameaça brilhar mais que o permitido, aplaudindo até vandalismo.

– Não deixem esse cara chutar!

9 de junho de 2001

7 de junho de 2001

29 de maio de 2001

14 de maio de 2001

– Eu não roubei...
– Eu não matei...
– Eu não apaguei!

6 de junho de 2001

APODOS, ALCUNHAS E APELIDOS

24 de abril de 2001

– Toninho Malvadeza, Fernandinho Beira-Mar, Arrudinha Espia-Voto e Barbalhinho Desvia-Fundos

PRATO DO DIA

2 de abril de 2001

Senador no espeto

Se Itamar tem luz própria, ACM, Arruda e Jader, em fase "dark", recebem a companhia de Fernandinho Beira-Mar, recém-chegado do exterior. No Senado, cheiro de queimado: violado o painel de votação.

27 de abril de 2001

28 de abril de 2001

– Com a palavra. O Grande Mudo

25 de abril de 2001

Touro abatido, como seu colega José Roberto Arruda, ACM ainda tenta empizzar a CPI do Senado sobre a violação do painel na cassação de Luis Estevão. Acabam ambos, ACM e Arruda, fundidos e mal pagos...

SUGESTÃO DO "CHEF"

4 de maio de 2001

– Para encerrar, que tal uma deliciosa pizza de dendê no tucupi com galhinhos de arruda?

– Não sei o que me aconteceu...

21 de abril de 2001

DE VOLTA AO TRABALHO

– Tudo bem?

23 de abril de 2001

E NA HORA DA VERDADE...

23 de maio de 2001

– Posso falar em seu nome?

25 de maio de 2001

– Vem! A água tá boa!

HOJE TEM: SAI DE BAIXO!

30 de maio de 2001

Arruda, com três-patéticos discursos, cai fora em 24 de maio. Renuncia ao mandato para não ser cassado e perder os direitos políticos. ACM sai do Senado dia 30 para mergulhar na mesma história de conhecidos banhistas de águas turvas como Collor, Arruda, futuramente Jader etc...

1º de junho de 2001

–Ei! Eu não matei! Eu não roubei!

31 de maio de 2001

Com a dignidade lenta e custosa de um personagem de Eça de Queirós sem calçolas, ACM vai para os braços de seus pares se dizendo "não uma legenda, mas uma sigla viva", o que quer que isso signifique. É mais um troféu para o nosso verdadeiro caçador de marajás, o Procurador Luiz Francisco de Souza.

3 de junho de 2001

E NAQUELA PRIMEIRA REUNIÃO DOS NOVOS PERSEGUIDOS POLÍTICOS

– Nós não roubamos, não matamos...
– O que é isso companheiro, por que o sectarismo?

4 de junho de 2001

13 de junho de 2001

– Resumindo: agora é com você, Felipão!

FELIPÃO E A SELEÇÃO DA TERCEIRA IDADE

15 de junho de 2001

– Os deslocamentos da defesa para o ataque serão de van!

NADA A PERDER!

19 de junho de 2001

– Na pior das hipóteses a gente dá um passeiozinho...

27 de junho de 2001

E rola a bola, agora sob nova direção: Luis Felipe Scolari, vulgo Felipão. A esperança de um futebol viril e criativo em oposição ao futebol bailarino-borocochô de Leão, que nem caricatura deu, começa com um time de velhos cheios de problemas...

ESPECIALISTAS

20 de agosto de 2001

–A Argentina é o seguinte...

RACHA NA ESQUERDA

– Foi-se o martelo!

18 de abril de 2001

FRASES IMPAGÁVEIS
QUE O POVO PAGA:

– Sr. Matarazzo Suplicy, seu tempo acabou ...

23 de junho 2001

29 de abril de 2001

CONTABILIDADE PRÉVIA

– Pelas minhas contas,
você passou da conta, Suplicy...
– Que coincidência, Lula!

26 de novembro de 2001

CONTABILIDADE PRÉVIA:
USANDO TUDO

– Tá bom, Suplicy: se a gente for contar nos dedos eu perco por um voto!

17 de dezembro de 2001

Os Suplicys abrem o casamento e a questão: quem é a cabeça do casal? A Prefeita Marta anuncia em abril separação de Eduardo, que, deprimido, tenta a terapia da viúva. No front político, Suplicy luta pela realização de prévias no PT. Consegue mas não vence: dor de corno, como se sabe, nunca vem só...

28 de junho de 2001

3 de julho de 2001

– Rola a bola ...

14 de julho de 2001

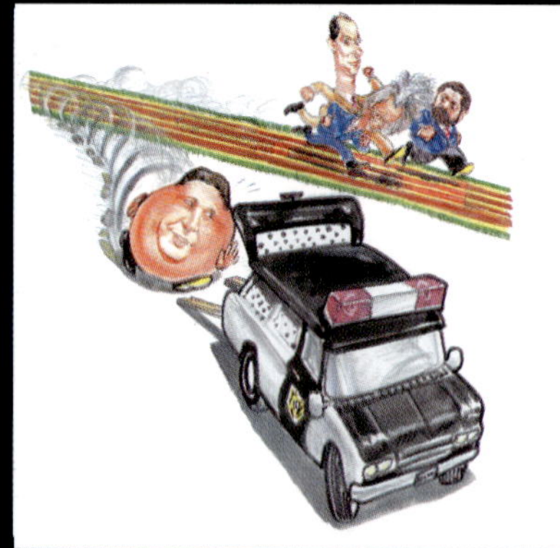

31 de agosto de 2001

24 de março de 2001

– Garotinho? Vai ter que comer toda a comidinha, hein?

15 de agosto de 2001

– Pelo menos isso temos em comum: não temos nada em comum!

A eleição está nas ruas. O governador do Rio, Anthony Garotinho, vai se fazendo conhecer nacional e internacionalmente: vai a Cuba. Fotos com Fidel até FH quer, nunca se sabe...
Na volta, o presidente tem que trabalhar com os novos presidentes da Câmara, Aécio Neves, e do Senado, ninguém menos que Jader Barulho!

28 de fevereiro de 2001

– E agora... vamos trabalhar?

NOSSA FAUNA, NOSSA GENTE

O ouriço-do-pará

21 de junho de 2001

– É espeto: abraçaste o Jader...

25 de junho de 2001

Barbalho é espeto. Indefensável. Os peemedebistas abrem mão. Ameaçado com cassação por falta de decoro parlamentar, Jader se compara a Galileu e invoca, da tribuna, a companhia de vítimas da imprensa como os Bill, Clinton e Gates, e diz que só Sean Connery ou a mulher-maravilha teriam forças para resistir a tais ataques.

- Falta de decoro parlamentar por que? Tá tudo decorado!

16 de agosto de 2001

FRENAJABA: Frente dos amigos de Jader Barbalho

1 de julho de 2001

4 de julho de 2001

FUNAJABA: OS FUNDOS DOS AMIGOS DE JADER BARBALHO

8 de julho de 2001

10 de maio de 2001

– Ué, funcionou!? Onde foi que a gente errou?

11 de maio de 2001

22 de julho de 2001

A oposição tenta emplacar uma CPI da corrupção. O Ministro do Trabalho, Francisco Dornelles, volta ao congresso como deputado raso para descarrilhar tal pretensão. Consegue, com a ajuda do resistente presidente do senado, Jader Barbalho.

18 de agosto de 2001

24 de agosto de 2001

9 de julho de 2001

Jader indica o senador amazonense Gilberto Mestrinho para o comitê de ética do Senado: é o barbalhismo com cara feia. Governo e PMDB manifestam preocupação. O procurador Geraldo Brindeiro, ex-gaveteiro, é que tem de correr atrás do prejuízo.

7 de julho de 2001

14 de setembro de 2001

CLÁSSICOS DA CARICATURA: BOTTICELLI

16 de setembro de 2001

– "O renascimento de Vênus"

SINUCA DE GAVETA

4 de agosto de 2001

– Até tu, Brindeiro?!

27 de agosto de 2001

– Que maneira de começar a semana....

1º de setembro de 2002

10 de setembro de 2001

25 de agosto de 2001

2 de setembro de 2001

24 de novembro de 2001

Arte e espetáculos: vão filmar o livro de José Sarney, "O Dono do Mar". Só do mar? A filha, Roseana, começa a ganhar simpatias aqui e ali com, como disse FH, "essa coisa de mulher". Dizem que até à Dona Ruth a candidatura faz gosto...

16 de novembro de 2001

ENQUANTO ISSO,
NA MATERNIDADE
LEONEL BRIZOLA

– O próximo!

9 de agosto de 2000

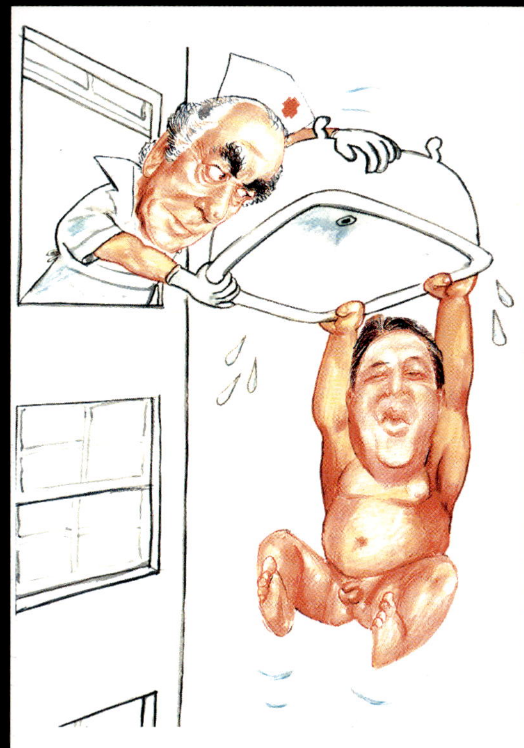

– De novo! Faz de novo!

10 de agosto de 2000

14 de agosto de 2000

Useiro e vezeiro em catapultar ex-aliados políticos (Marcelo Alencar, César Maia, Agnaldo Timóteo etc.) Brizola deu também à luz o Garotinho. O PSB de Arraes e de, não por muito tempo, Luiza Erundina se preparam para recebê-lo. Ciro e Lula também gostariam de um irmãozinho. Doce ilusão: o Garoto tem seu próprio rumo...

17 de novembro de 2000

ENQUANTO ISSO, NO SENADO...

Sua Excia. o Lobão

21 de julho de 2001

A HORA DO LOBO

– O que vocês fizeram com esta casa foi uma porcaria, agora é minha vez...

23 de julho de 2001

Edson Lobão assume a presidência do Senado no lugar de Jader, licenciado. Lobão e Mestrinho, isso lá é coisa para inglês ver? Tony Blair, o primeiro ministro britânico veio e viu, em agosto. Trouxera o Rolls-Royce do governo reformado, de olho na venda de aviões para a FAB.

– É o problema da terceira via: os caronas

1º de agosto de 2001

PARA INGLÊS VER

– Vamos entrando, faça de conta que a casa é minha...

30 de julho de 2001

Eu não estuprei! Eu não matei!

– É impressão nossa ou a coisa está ficando feia?

5 de agosto de 2001

ENQUANTO ISSO, NA ARGENTINA

15 de julho de 2001

– Saída a Cavallo

21 de março de 2001

12 de julhode 2001

– Esse cavalo é dose pra elefante...

– Ô cavalo ruim de acompanhar

6 de julho de 2001

De La Rúa, que assumira prometendo emprego e honestidade, sai laçando Cavallo. O ex-ministro volta ao poder e entra atirando... no Brasil!

E NO "CHEZ LA RÚA"

– Pediu a cavallo, né?

11 de abril de 2001

22 de maio de 2001

6 de dezembro de 2001

8 de dezembro de 20

30 de outubro de 2001

13 de setembro de 2001

27 de outubro de 2001

MERCODÚVIDAS

Em quanto tempo Cavallo cai do cavalo?

13 de julho de 2001

– Basta de Cavallo!

6 de novembro de 2001

Enquanto FH é elogiado pelos organismos internacionais, Cavallo só leva coice. Aqui, internamente, vamos trocando ministros, enfrentando greve de professores... o de sempre.

10 de dezembro de 2001

11 de setembro de 2001

POLÍTICA E SEGURANÇA

– Resumindo: vocês seguram aí...

9 de agosto de 2001

ENQUANTO ISSO,
NAQUELA CASA DOS ARTISTAS...

– Deixe de ser pão-duro
e paga ao professor, ministro!

28 de novembro de 2001

VOLTANDO PARA CASA...

Não quer aproveitar a carona?

27 de julho de 2001

12 de setembro de 2001

Onze de setembro. Ataque suicida dos admiradores de Bin Laden fere os EUA dentro de casa e libera na águia americana um desejo emocionado de vingança e justiça. O americano Mathew Shirts escreveu: "isso vai despertar o que os americanos têm de pior."

17 de setembro de 2001

– Preparar... apontar...

18 de setembro de 2001

– Não há dúvidas, ele está realmente se preparando para uma resposta à altura...

24 de setembro de 2001

20 de setembro de 2001

19 de setembro de 2001

21 de setembro de 2001

22 de setembro de 2001

– É apenas um retrato na parede, mas como dói!

O novo e o velho oeste dão a volta ao mundo para atacar o médio Oriente.

23 de setembro de 2001

25 de setembro de 2001

29 de setembro de 2001

DISFARCES

12 de outubro de 2001

Mikey-Laden

31 de outubro de 2001

Hallow Bin Laden

25 de dezembro de 2001

Oh-oh-oh-sama

9 de dezembro de 2001

O mundo esmagará Osama Bin ou será o contrário?

14 de outubro de 2001

10 de outubro de 2001

– Melhor, combateremos à sombra!

15 de outubro de 2001

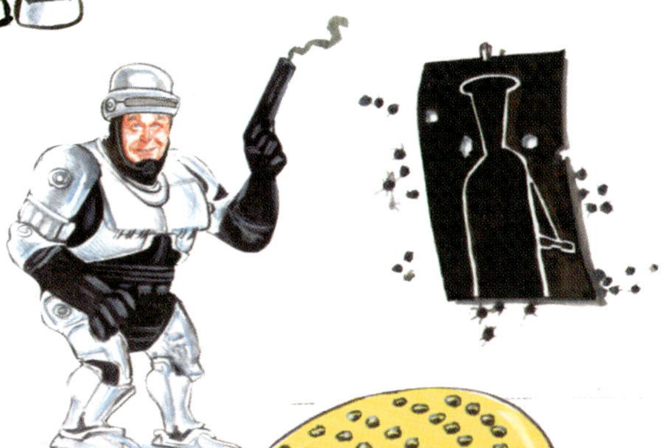

13 de outubro de 2001

Das cavernas do Afeganistão, o terror em pó ameaça o Robocop.

23 de outubro de 2001

22 de outubro de 2001

SAIU A ESCALAÇÃO

11 de outubro de 2001

Osama futebol clube

4 de novembro de 2001

HALLOW-BIN

24 de outubro de 2001

Casa Branca, coisa preta

25 de outubro de 2001

CRIME-DE-LA-CRIME POSTAL

7 de novembro de 2001

Carta-bin

20 de outubro de 2001

Sai a convocação dos inimigos públicos nº 1 da humanidade, o Bin Team. Saddam Hussein estaria acobertando. A morte pode vir por correio ou saleiro.

8 de outubro de 2001

– Não sei não... Esses bombardeios estão tendo efeito contrário...

10 de novembro de 2001

BALA PERDIDA 1

16 de outubro de 2001

BALA PERDIDA 2

18 de outubro de 2001

O bombardeio ao Afeganistão vai começar. As balas perdidas também. E ninguém segura os vídeos da Al Qaeda.

11 de dezembro de 2001

– Pô esse controle remoto não desliga!

14 de dezembro de 2001

APROXIMAÇÕES

16 de dezembro de 2001

OLHA O AVIÃOZINHO!

15 de dezembro de 2001

ENQUANTO ISSO, AQUI NO EFEAGANISTÃO
(copyright José Simão)...

Os neofundamentalistas e talibã-bã-bãs Aloysio Nunes, Artur Virgílio, Ney Suassuna e Heráclito Fortes

26 de outubro de 2001

E NO PRIMEIRO ENCONTRO DO NOVO LÍDER DO GOVERNO NO CONGRESSO COM O NOVO MINISTRO DA INTEGRAÇÃO NACIONAL

– Venha cá: é impressão nossa ou a coisa está ficando feia?

28 de outubro de 2001

MENSAGENS QUE FICAM

– Meu nome é Osama!

14 de dezembro de 2001

OSAMA BIN JADER NÃO PERDOA: AMEAÇA DE MORTE

– E digo mais: teu bigode é horrível!

28 de setembro de 2001

Em vídeo-Bin, Osama mimetiza o ataque às torres. Por aqui a coisa também está feia: insinuando até ameaça de morte ao delegado e senador Romeu Tuma, Jader vai chegando aos finalmente...

QUEM É VIVO SEMPRE APARECE...

30 de setembro de 2001

– Demorou mas chegou...
– Vem! A água tá boa!

1º de outubro de 2001

– Temos que admitir: ele tem estilo...

2 de outubrode 2001

– O homem é duro na queda...

3 de outubro de 2001

– Isso é que é salto ornamental, o resto é conversa...

FINAL

5 de outubro de 2001

– Adeus, mundo cruel!

Depois de um suspense digno de Hitchcock, Jader Barbalho renuncia ao mandato e mergulha em definitivo para o ostracismo. Com Ramez Thebet na presidência do Senado, vamos em frente...

9 de outubro de 2001

– E agora, depois que eu viajar e antes do mundo acabar... vamos trabalhar?

CLÁSSICOS DA CARICATURA: DELACROIX

3 de novembro de 2001

– A liberdade guiando o povo (ou "Vive la France!")

FH vai à França em novembro, sendo ovacionado – no bom sentido, baveuse – na assembléia nacional ao encerrar seu discurso com um sonoro "vive la France". Na Inglaterra se encontra com Blair e Clinton; na América, 'meets' Bush. Na volta, condecora Don Jamelão primeiro e único com a Ordem do Cruzeiro do Sul, ou coisa parecida...

AMIGUINHOS

11 de novembro de 2001

FH EM QUATRO QUADROS

– Estamos em campanha... pra que mesmo?

12 de novembro de 2001

Agora, assunto sério: no futebol quase não passamos nas eliminatórias para a Copa do Japão. Maradona, morando em Cuba, dá uma senhora puxada em Fidel, que, como todo brasileiro sabe, sempre foi Pelé desde criancinha.

6 de outubro de 2001

SAI FELIPÃO, ENTRA FERNANDÃO

7 de outubro de 2001

– É simples: esqueçam o que jogaram!

TATOOS

1º de novembro de 2001

ENQUANTO ISSO, NO CORAÇÃO DE TODO BRASILEIRO...

11 de dezembro de 2000

CUMPRIMENTO MAORI

– Simpático...

22 de novembro de 2001

FACE A FACE: RIMA E SOLUÇÃO

– Sucessão dá uma vontade de lavar mão...

23 de novembro de 2001

ESPELHO MEU

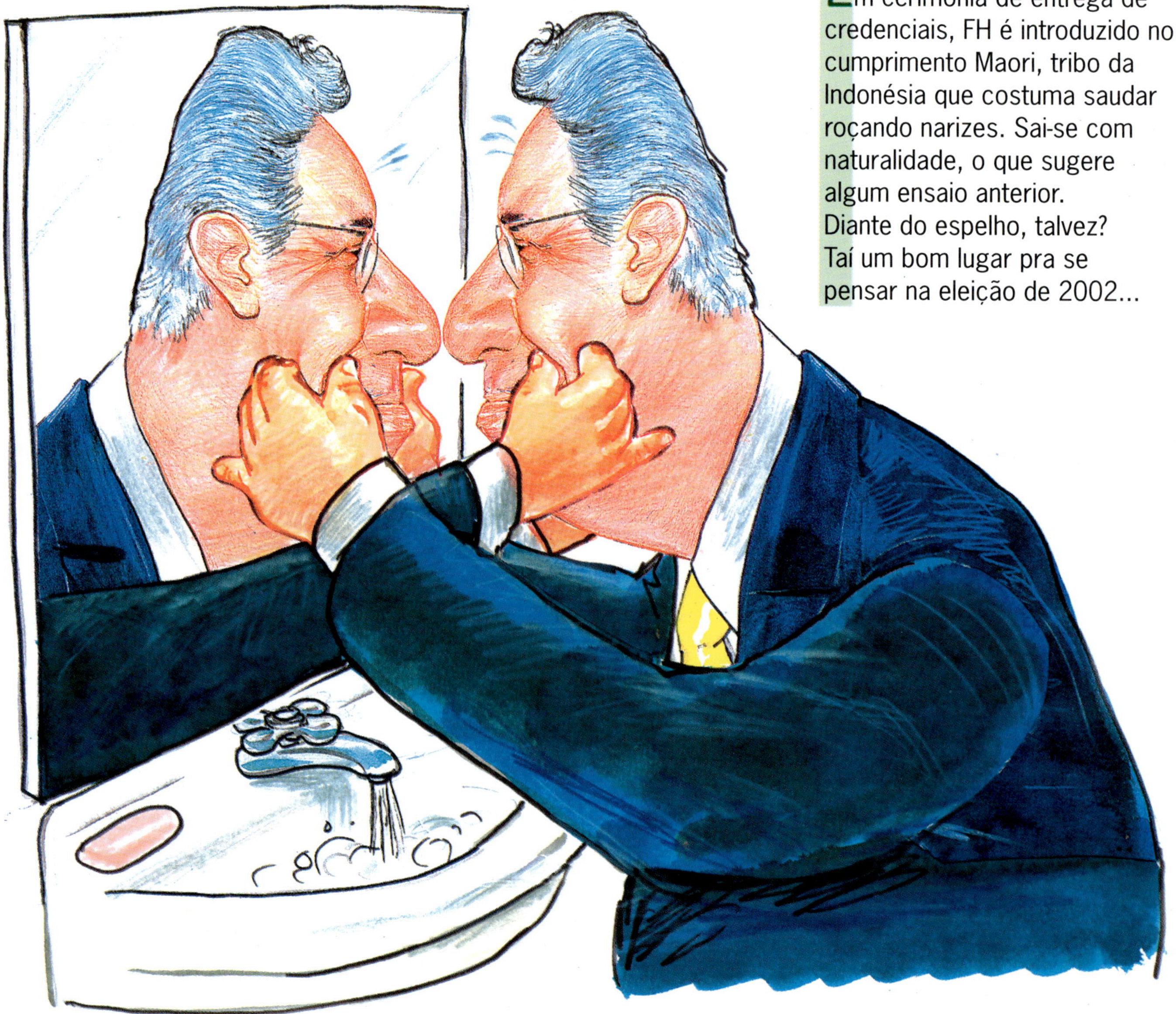

– E aí, bonitão... como será a sucessão?

25 de novembro de 2001

Em cerimônia de entrega de credenciais, FH é introduzido no cumprimento Maori, tribo da Indonésia que costuma saudar roçando narizes. Sai-se com naturalidade, o que sugere algum ensaio anterior. Diante do espelho, talvez? Taí um bom lugar pra se pensar na eleição de 2002...

E NO GABINETE DO DOUTOR PITANGUY

– O próximo!

14 de abril de 1998

ENQUANTO ISSO, EM ABBEY ROAD...

1º de dezembro de 2001

O rock também envelhece: os Rolling Stones, passando por aqui, esticaram no Dr. Pitanguy. Morre George Harrison.

E NO GRAN CIRCO BRASIL...

Vai começar a função. O maior espetáculo da terra: eleição!

18 de dezembro de 2001

E SEGUE O BAILE

– Preocupação com a Roseana, Serra?

20 de novembro de 2001

26 de dezembro de 2001

Grandes atrações:
cuspidores de fogo,
engolidores de espada,
zebras bailarinas,
operários halterofilistas,
mineiros indecisos...
e o palhaço quem é?

28 de janeiro de 2001

Papai não esconde o encantamento. Garotinho faz das suas mas Roseana já é a musa da pré-eleição...

17 de novembro de 2001

18 de novembro de 2001

A ARTE E SEU PÚBLICO

– Mas é uma obra prima!

19 de novembro de 2001

E NA GALERIA BRASIL

– Não há dúvida: faltam quadros...

29 de novembro de 2001

– Concordo, querido: poucos quadros e muito **manjados...**

2 de dezembro de 2001

CLÁSSICOS DA CARICATURA:
ALMEIDA JUNIOR (1893)

Caipira picando fumo

3 de dezembro de 2001

– Poucos quadros, muito manjados e não se encontra a saída nunca!

19 de dezembro de 2001

TUCANOS NUMA FRIA:

– E o Serra, hein?

17 de junho de 2002

O CAVALEIRO SOLITÁRIO ESCUTA DO FIEL ESCUDEIRO, O TONTO:

– O principal é não acharem você meio mascarado...

21 de janeiro de 2002

– Se sobrevivermos à dengue hemorrágica no apagão do tiroteio... tudo bem!

23 de janeiro de 2002

O último ano da Era FH começa com o dito cujo numa fria: na Rússia, dá a partida para a campanha de José Serra. Entre balas perdidas, dengue e apagão, o balão vai subindo, vai caindo a garoa.
O cavaleiro solitário, acompanhado do seu fiel escudeiro, o Tonto, tem que provar que não é mascarado. E por falar em mascarado... Olha o carnaval aí gente!

FOLIÕES 2002

8 de fevereiro de 2002

Serra fantasiado de FH

11 de fevereiro de 2002

FH fantasiado de Serra

12 de fevereiro de 2002

Roseana fantasiada de Sarney

E SEGUE O BAILE

18 de fevereiro de 2002

Sarney fantasiado de Roseana

ENTREOUVIDO NO SALÃO

15 de fevereiro de 2002

– Não me leve a mal, sempre é carnaval...

FOLIÕES 2002: É A MÃE!

9 de fevereiro de 2002

– Adorei! Vou levar pro meu filho...

FIM DE FESTA

17 de fevereiro de 2002

– Dois presidentes dos EUA em casa e campeã na avenida?
Dona Barbara, sois um tremendo "hot-foot"?

CARNAVAL 2002: DESFILE DAS CAMPEÃS

16 de fevereiro de 2002

Em qualquer esquina do Brasil, a juventude mostra o seu talento.

FINDO O CARNAVAL. VOLTA ÀS ESQUINAS

13 de fevereiro de 2002

CLOSE NO MOSQUITO 1

21 de fevereiro de 2002

A dengue pega o Rio para Cristo. O mosquito é federal, estadual ou municipal? Na procura da causa das epidemias, parte da culpa será atribuída ao ex-ministro da Saúde, agora candidato oficial. A outra parte é das bromélias e das embromélias

CLOSE NO MOSQUITO 2

22 de fevereiro de 2002

10 de março de 2002

A METAMORFOSE

Quando a candidatura José Serra acordou naquela manhã, percebeu que se havia transformado em uma enorme embromélia

24 de fevereiro de 2002

CENAS CARIOCAS

– Passa a grana: isto é uma bromélia!

23 de fevereiro de 2002

ENQUANTO ISSO NA ARGENTINA...

29 de janeiro de 2002

Duhalde na perspectiva de la Rúa

A Argentina, que entrara o ano praticamente sem presidente – De La Rúa renunciara sob pressão popular em 20 de dezembro – finalmente emplaca o peronista Eduardo Duhalde na Casa Rosada. Rosada? Duhalde foi o quinto presidente em 12 dias. FH acorreu com a solidariedade habitual.

5 de fevereiro de 2002

– Pecado é empacotar e não conseguir entregar...

25 de fevereiro de 2002

MERCONSELHOS

– Cresca e apareça!

20 de fevereiro de 2002

IMAGENS DA SEMANA

– Dinheiro, dinheiro não. Mas... bambalalão!

24 de janeiro de 2002

CHORORÔ NO PERICUMÃ

– Liga não, isso é só pra inglês ver...

5 de março de 2002

As águas de março, céleres como lâmina de guilhotina, caem agora sobre Roseana Sarney sem compaixão. Papai ainda tenta separar o joio do trigo, sem sucesso: nenhum discurso profissional pode explicar a fotografia daquela montanha de dinheiro. Melhor mudar a página.

24 de fevereiro de 2002

23 de fevereiro de 2002

25 de março de 2002

O PFL tenta a saída honrosa, coisa para a qual não está preparado. O naufrágio é iminente. Lula avança!

19 de março de 2002

– E agora capitão, ataque ou rendição?

CANTE COM O PFL

8 de março de 2002

– Navegar é preciso...

11 de março de 2002

–... largar o poder não é preciso!

– É doce morrer no mar...

12 de março de 2002

ENTREOUVIDO NUM
ENTRA-E-SAI DE CAMBURÃO

– Quem é seu advogado?

2 de novembro de 2001

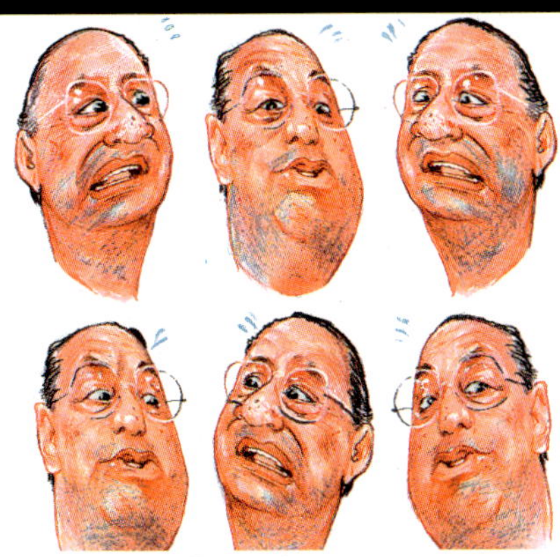

Sem palavras

21 de março de 2002

GRANDES FRASES QUE
INFELIZMENTE NÃO FUNCIONAM

– Essa moleza vai acabar!

8 de novembro de 2001

As denúncias de contas em paraíso fiscal perseguem Paulo Maluf. Esta página ficaria muito melhor na 171, mas o livro só tem 160... Política é assim mesmo: a arte do equilíbrio em causa própria!

E NO CIRCO BRASIL ...

24 de março de 2002

ENQUANTO ISSO EM RAMALLAH...

3 de abril de 2002

– Esse Felipão me lembra tanto alguém que eu conheço...

20 de abril de 2002

21 de abril de 2002

A questão palestina ganha manchetes dos jornais. Na esteira de uma sucessão de atentados, o premier Ariel Sharon cerca o líder Yasser Arafat em seu quartel de Ramallah.

12 de abril de 2002

22 de abril de 2002

ENQUANTO ISSO, NO MURO DAS LAMENTAÇÕES...

Pasquim 21, de maio de 2002

Uma política de segregação raivosa pode ser compartilhada pelos grandes nomes da saga judaica? A martirização de Arafat pode levar à paz?

– Lamentável...

3 de maio de 2002

– Vai um artilheiro aí?

9 de novembro de 2001

25 de janeiro de 2002

Começa a saga Romário. Tendo classificado o Brasil no último jogo das eliminatórias em 2001 sem a ajuda do baixinho, Luis Felipe Scolari não quer mais levá-lo à Copa. Para isso dribla até pedido de presidente da República...

- Snif! Snif! Snif!

9 de abril de 2002

27 de fevereiro de 2002

– Alguém aí falou alguma coisa?

28 de fevereiro de 2002

ESPERANDO...

4 de março de 2002

ESPORTE FINO

1 de março de 2002

ESPERANDO...

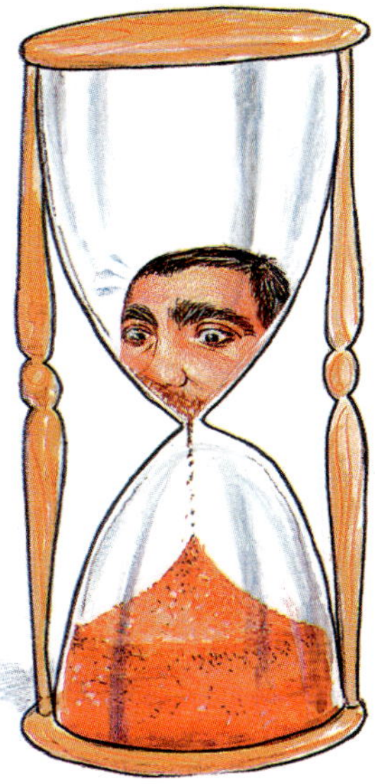

15 de março de 2002

Esgrimindo diferentes patrocinadores, Felipão e Romário não desistem; se um chora, o outro tapa os olhos. Um espera, o outro faz suspense. Até o último dia, último momento, última palavra: não.

- E o vencedor é...

6 de maio de 2002

NÃO DEU OUTRA:

– Deu banco!

8 de maio de 2002

28 de março de 2002

5 de abril de 2002

– E aí, Peixe... Vai a vice?

E NAQUELA CASA MAL-ASSOMBRADA...

– Vamos entrando, faça de conta que a casa é sua...

23 de maio de 2002

– Clássicos da caricatura: "O nascimento da vice (Botticelli)"

Romário perde a vaga mas Serra, que deixara o ministério da Saúde em fevereiro, ganhou a vice: Rita Camata, lindinha peemedebista do Espírito Santo é a preferida. Recebida com merecidos aplausos na casa do poder, logo implanta um novo estilo na candidatura.

26 de maio de 2002

ADIVINHE QUEM VEM PARA JANTARMOS?!"

20 de maio de 2002

– Rita querida, você não morre mais...

"Essa coisa de mulher", como disse FH, traz mais leveza ao candidato do governo. Aprovada em 15 de junho pelas convenções do PSDB e PMDB, a vice trará também certamente alguns votinhos...

19 de maio de 2002

– Salto alto não pode mas ...
empresta o blush para olheiras?

No circo
da Fórmula 1,
palhaçada:
o piloto brasileiro
Rubens Barrichello
é obrigado a
ceder a vitória
ao alemão Michael
Schumacher
por ordem
da Ferrari.
A indignação
mundial fez
o esporte rever
a máxima do barão
de Coubertin:
o importante
é competir?
Uma pinóia!

26 de março de 2000

14 demaio de 2002

12 de junho de 2002

Aqui, a morte de Tim Lopes vira um divisor de águas. No Japão, começa a Copa do Mundo.

– Estamos perdendo esse jogo...

1º de junho de 2002

– Bem, bem... política agora só no mês que vem!

6 de junho de 2002

GRITOS DE GUERRA 1

– Calma que o Brasil é nosso!

7 de junho de 2002

GRITOS DE GUERRA 2

– O que é do homem, tigre asiático não come!

9 de junho de 2002

14 de junho de 2002

Ganhamos a primeira com a ajuda do juiz, que entra na foto oficial. Serra candidato idem, preocupa-se com a defesa, de resto como o próprio governo. Em pleno jogo contra a China, o dólar ataca. Haja carrinho pra segurar...

IMAGENS DA COPA

8 de junho de 2002

11 de junho de 2002

13 de junho de 2002

Camarões sugerem Zebra: há que segurá-la na velha base da linguiça. A França perdeu para os africanos e vários favoritos vão caindo pelo caminho. Romário, Zidane e Batistuta vêem, do banco, o esquema Scolari funcionando.

RI-RI-RI MELHOR QUEM RO-RO-RO POR ÚLTIMO:

19 de junho de 2002

AGORA SÓ RESTA UMA SAÍDA, PARA O BEM OU PARA O MAL, CHOVA OU FAÇA SOL:

20 de junho de 2002

– Atacar!

Se em Roma, como os romanos,
contra os ingleses "better be a team".
Mesmo com Ronaldinho expulso,
fomos dose pra leão.

21 de junho de 2002

22 de junho de 2002

A Rainha foi pro banco do Romário e só pode melhorar de humor puxando orelhas – "I Beckham your pardon?" Contra a Turquia, Ronaldão leva uma goleada do barbeiro e... não é que funciona?

23 de junho de 2002

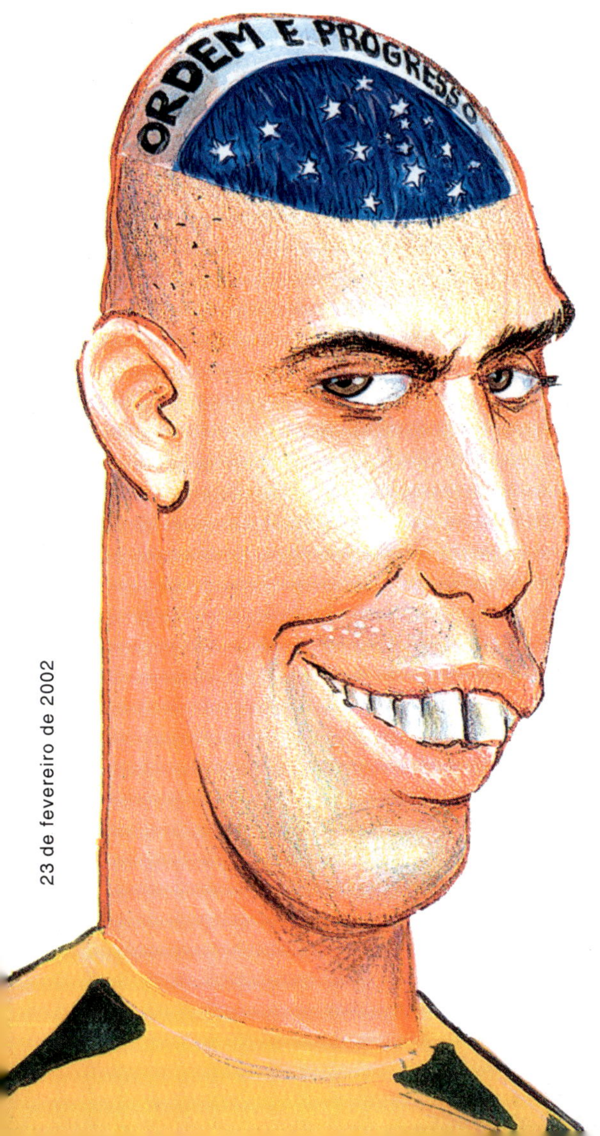

23 de fevereiro de 2002

– Futebol se ganha no campo...
– e se perde no barbeiro!

26 de junho de 2002

ENTREOUVIDO NAS ESTRELAS 1

– Quem eclipsa quem?

25 de junho de 2002

ENTREOUVIDO NAS ESTRELAS 2

O vermelho amarelou e o eclipse é nosso!

27 de junho de 2002

GRAN FINALE

– É com vocês, meus guris: penta jacta est!

30 de junho de 2002

30 de junho de 2002

A família Scolari encara a Alemanha e leva o penta. O goleiro Oliver Kahn, que falhou em um dos dois gols de Ronaldo na final, é eleito o melhor do mundial pela Fifa. Festa Nacional. Cada qual com seu troféu.

4 de julho de 2002

A consagração nacional da família Scolari: Vampeta dá cambalhota na rampa, Felipão dá o troco a Pelé. FH fatura.

– Que família!

8 de julho de 2002

28 de junho de 2002

E NA CAPITAL FEDERAL DA CARICATURA...

3 de julho de 2002

– O bom filho volta penta e borda!

– Taí a prova de que eu sempre acreditei no penta: essa foto é de noventa e quatro!

2 de julho de 2002

POLÊMICA AMARRADA COM LINGUIÇA

23 de julho de 2002

– Quem tem menos razão: Pelé ou Felipão?

DMNOVESFORA AGORA APRESENTA...

– Taí melhorou...

EXERCÍCIO DEMOCRÁTICO

– E um e dois e...

30 de abril de 2002

EXERCÍCIO DEMOCRÁTICO: E SEGUE O BAILE

– ...e três e quatro e...

10 de maio de 2002

Volta à política. Primeiros debates – ou entrevistas – dos candidatos. Na Confederação das Indústrias aqui, não sei onde ali... No caminho, cai mais um ministro da Justiça.

FERNANDO HENRIQUE SHOW

– Agora mostra o caminho pro moço, mostra...

10 de julho de 2002

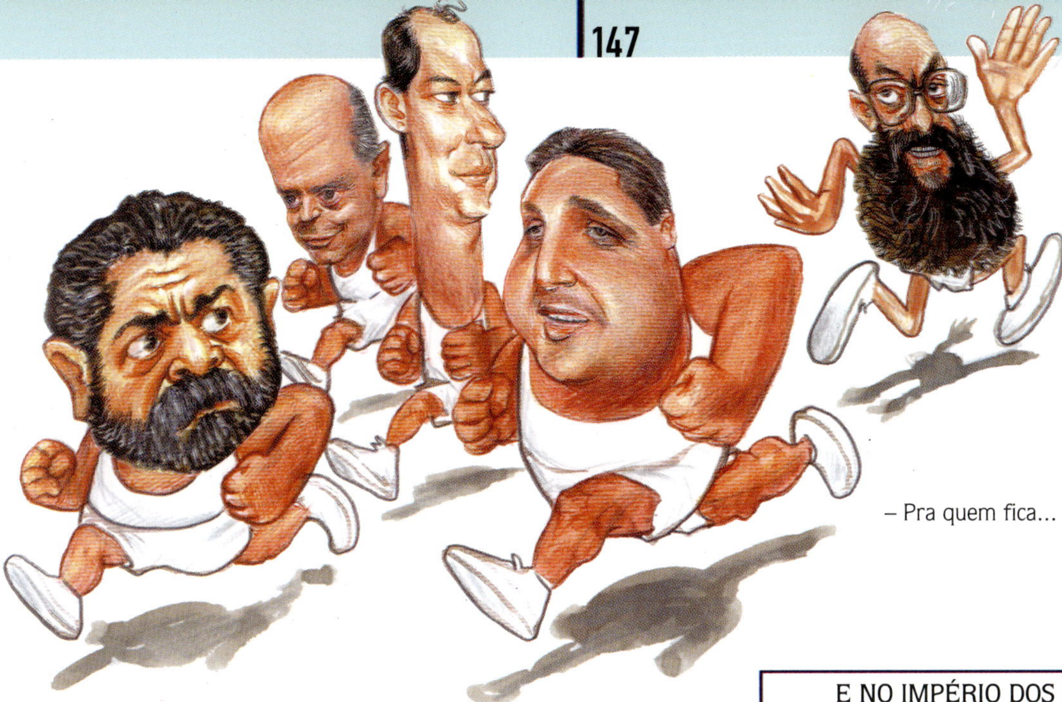

24 de junho de 2002

– Pra quem fica... meu nome é "Adeus"

E DE REPENTE, NÃO MAIS QUE DE REPENTE...

9 de maio de 2002

E NO IMPÉRIO DOS FACTÓIDES...

– Até tu, Cesar?!!

13 de maio de 2002

GRANDES MOMENTOS CINEMATOGRÁFICOS

Cai também o Enéas: é jogo pra cachorro grande. Bornhausen vem de Marco Maciel, César Maia adora. E FH sai de banda, empunhando alegre bandeira...

"PRISCILA
A RAINHA DO DESERTO

15 de maio de 2002

12 de agosto de 2002

2 de agosto de 2002

22 de agosto de 2002

21 de agosto de 2002

– O Romário já foi?

Felipão parte para a carreira solo. Romário vai pro Fluminense, com seu estilinho inconfundível: um golzinho aqui, nenhum ali... Em seu adeus à seleção, o técnico pentacampeão acaba derrotado em jogo polêmico com o Paraguai, no Ceará, por um a zero.

13 de julho de 2002

16 de julho de 2002

7 de agosto de 2002

A campanha esquenta. Ciro e Serra se definem como inimigos preferenciais, antes que as pesquisas apontem isso. Nos primeiros debates das redes de televisão, Serra acaba virando sparring. O risco Brasil vai traçando seu rumo...

RISCO BRASIL:
A MÁQUINA

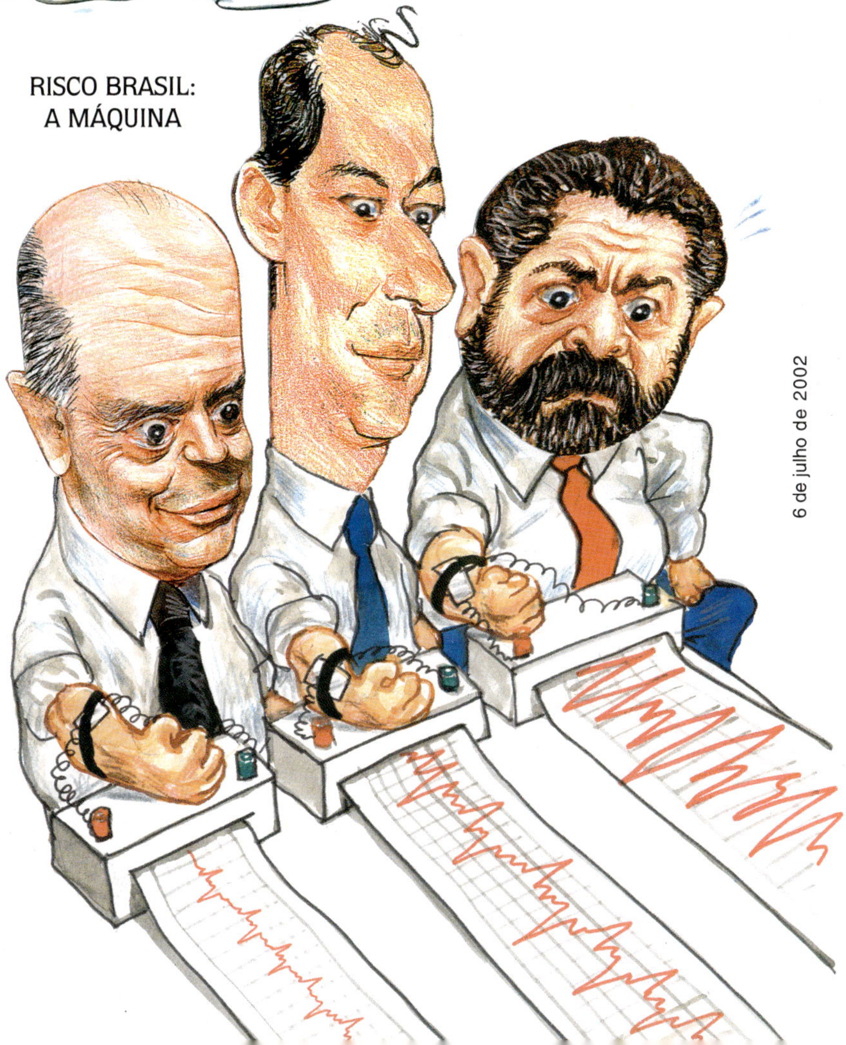

6 de julho de 2002

9 de julho de 2002

E NO VATICANO...

– Incrível a cara-de-pau, não?

22 de maio de 2002

23 de fevereiro de 2002

OSCAR 2002: GRANDES MOMENTOS CINEMATOGRÁFICOS

26 de março de 2002

FH leva a santa de pau (oco? perguntarão alguns) ao papa. O Oscar de 2002 consagra a negritude. Mulatinho regozija e pedala por seu ET...

Zellig (acima) e ET (abaixo)

7 de abril de 2002

TOP MODELS

27 de julho de 2002

– Que bien estás, Che!

17 de julho de 2002

29 de julho de 2002

– Até quando vamos aguentar esta pose?

Semana da Moda no Rio. Gisele Bündchen desfila biquini com estampa de Che Guevara. Tem Guevara na Bündchen! Os candidatos desfilam suas plataformas, para deleite do grande figurinista.

– O autor, o autor!

30 de julho de 2002

FASHION WEEK END

– O real é mais embaixo...

31 de julho de 2002

O Real é atacado, e o candidato do governo começa pastando.

GENTLEMAN

– Comigo, a vaca não vai pro brejo. O brejo é que vem pra vaca...

18 de julho de 2002

Vaca no brejo e uma idéia na cabeça: televisão. Enquanto não começar o horário eleitoral, não dá não.

19 de julho de 2002

21 de julho de 2002

4 de agosto de 2002

– E... corta! Agora vamos fazer tudo de novo para a televisão!

22 de julho de 2002

A PERGUNTA MAIS IMPORTANTE:

– Quem ganhou?

5 de agosto de 2002

A GRANDE QUESTÃO

– E aí? quem ganhou essa corrida de Jet-Ski?

8 de agosto de 2002

Começam os debates.
Quem dá mais?
Quem dá menos?
Garotinho, nada a perder,
bate mais descontraído.
Lula paz-e-amor
é o vencedor,
FH saco-de-pancada,
o grande perdedor.

6 de agosto de 2002

REPLAY

– Ninguém pra me defender, nem a Márcia Peltier!

11 de agosto de 2002

No flagrante, o momento exato em que Getúlio e JK eram mais uma vez equiparados a garoto de programa

24 de agosto de 2002

Sem palavras

25 de agosto de 2002

Nos programas eleitorais, Garotinho abusa da iconografia, Ciro e Serra da pancadaria

– Agora vamos ver quem deu a melhor educação: Harvard ou Cornell?

26 de agosto de 2002

A GRANDE FAMÍLIA

– Incrível como esse garotinho cresceu, não?

9 de agosto de 2002

NOVAS LITURGIAS: A EXTREMA COMUNHÃO

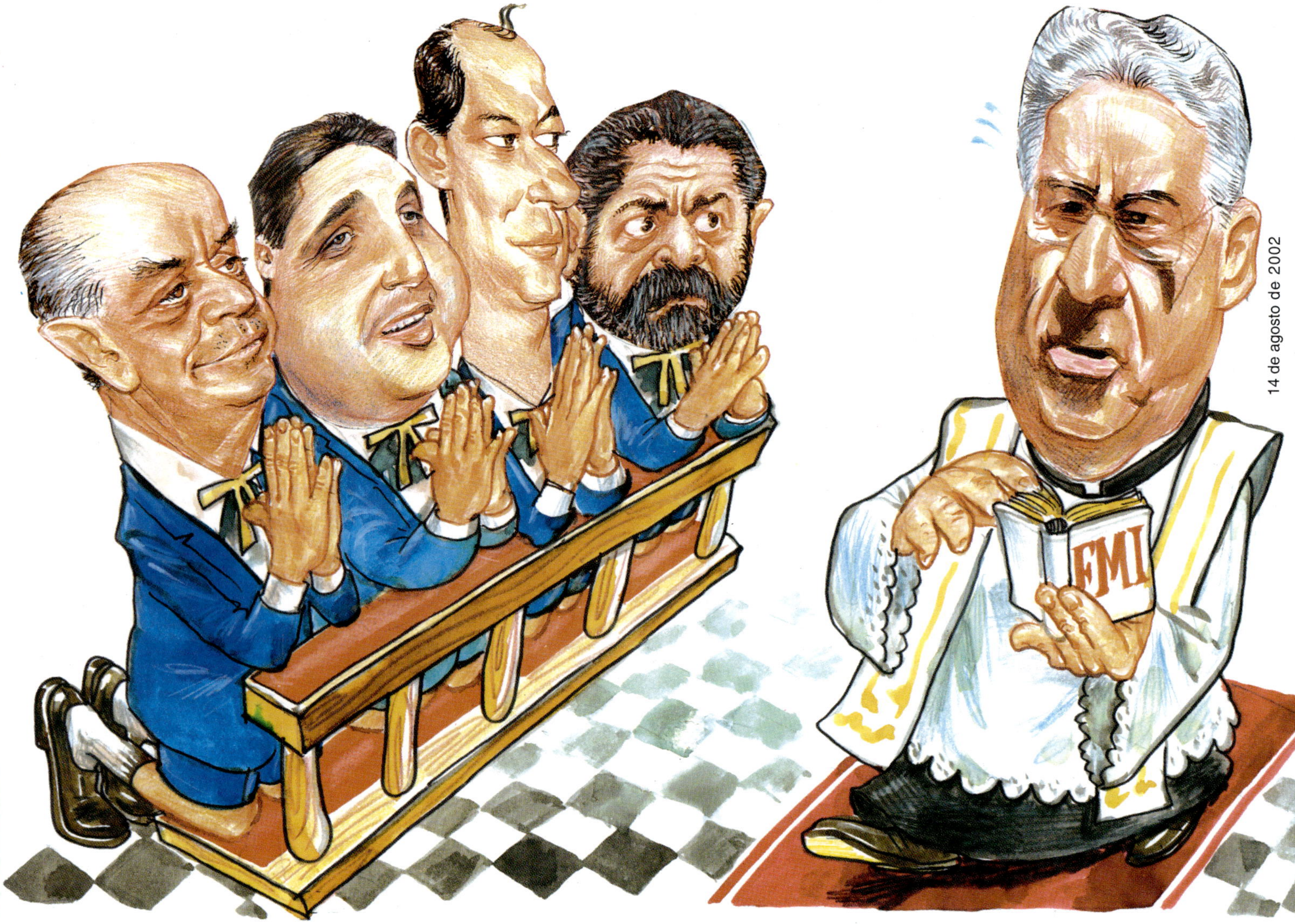

14 de agosto de 2002

– Se nem assim funcionar... oremos, irmãos!

Para acalmar os mercados, FH consegue a extrema comunhão: juntar todos os candidatos para sugerirem um amém ao FMI. Eles chiam, bufam – nem todos – mas vão.

15 de agosto de 2002

– Sr. Serra! Vai me dizer que o senhor nunca errou?
– Desta distância, nunca, Excelência!

16 de agosto de 2002

Primeiro Ciro. Depois Lula, Garotinho e Serra. Lula ainda ganhou quinze minutos extras. Cada um, com seu estilo, foi fundo.

PANORAMA VISTO DO FUNDO

– Quem é o primeiro?

18 de agosto de 2002

CADA UM VAI AO FUNDO COMO QUER: ESTILOS

20 de agosto de 2002

5 de setembro de 2002

Um dia, no décimo sétimo andar, Ciro e Serra se encontram. Quem sobe, quem desce? Quem está parado? A história dirá!

– Desce?
– Sobe!

6 de setembro de 2002

– Está parado!

7 de setembro de 2002

– Desce?
– Sobe.
– Está parado!
– Olha só quem fala!

8 de setembro de 2002

– Alguém aí vai pra ONU?

MODESTAMENTE

9 de setembro de 2002

– Ruth, querida, imagine quem eles convidaram para trabalhar na ONU?

– E digo mais: pra mim o próximo presidente tem que ter estrela, se é que me entendem...

27 de outubro de 2002

THE END?